人間魚雷「回天」特攻隊員の肖像

新世紀に戦争を語り継ぐ会・代表
児玉辰春 編
Kodama Tatsuharu

高文研

もくじ

Ⅲ　私は勝山中尉の部下だった……………榊原　勝

写真提供＝全国回天会
装丁＝商業デザインセンター・松田 礼一

勝山淳海軍中尉。1945（昭和20）年７月24日、戦死

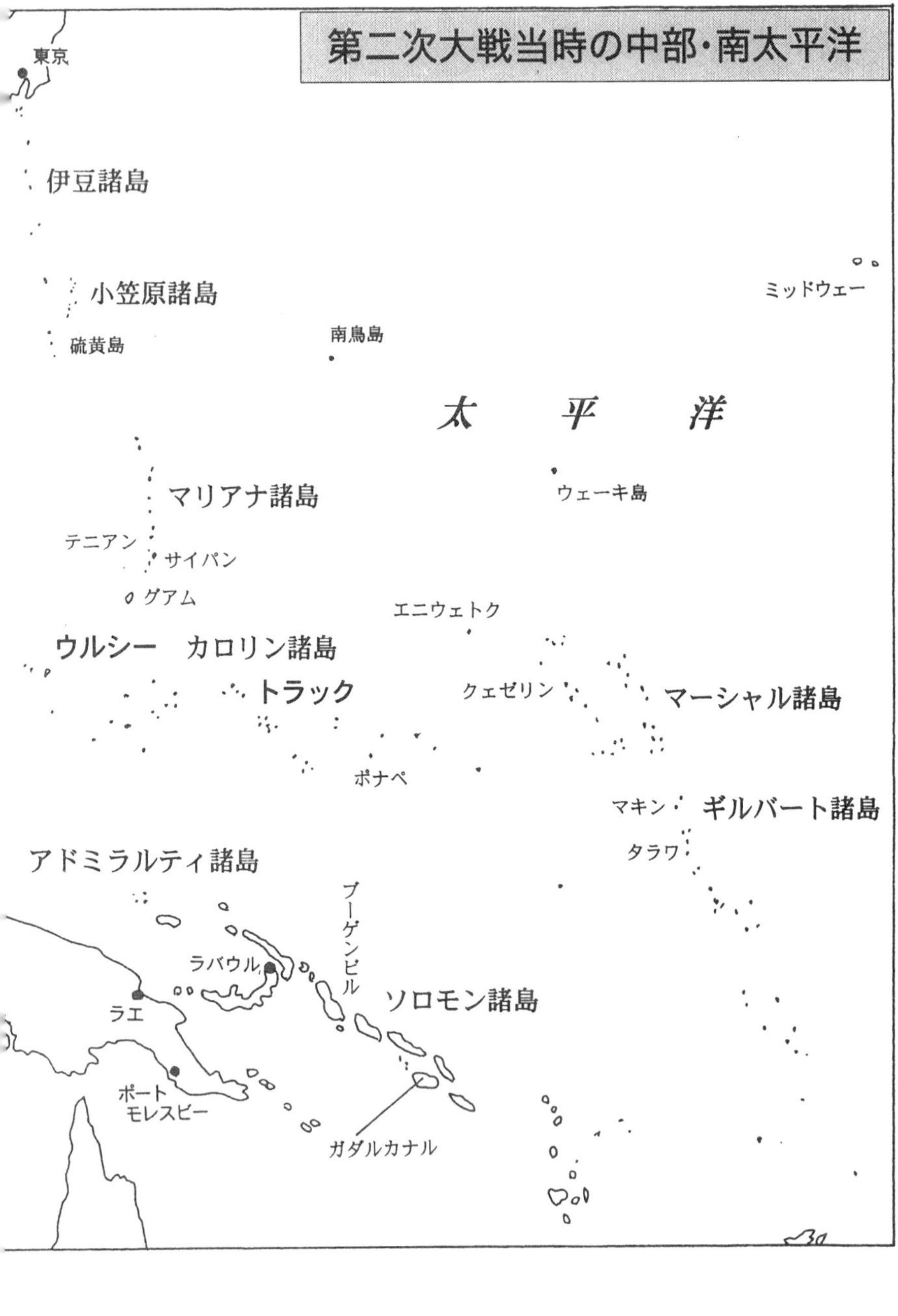
第二次大戦当時の中部・南太平洋
東京
伊豆諸島
小笠原諸島
硫黄島
南鳥島
ミッドウェー
太　平　洋
マリアナ諸島
ウェーキ島
テニアン
サイパン
グアム
エニウェトク
ウルシー
カロリン諸島
トラック
クェゼリン
マーシャル諸島
ポナペ
マキン
ギルバート諸島
タラワ
アドミラルティ諸島
ブーゲンビル
ラバウル
ラエ
ソロモン諸島
ポート
モレスビー
ガダルカナル

日本
上海
中国
沖縄
台湾
高雄
香港
ハノイ
海南島
三亜
フィリピン諸島
マニラ
インドシナ
半島
南シナ海
サイゴン
レイテ湾
パラオ
コタバル
ブルネイ
ペリリュー
マレー半島
セレベス
ボルネオ
シンガ
ポール
スマトラ
ジャワ
チモール
インド洋
ダーウィン

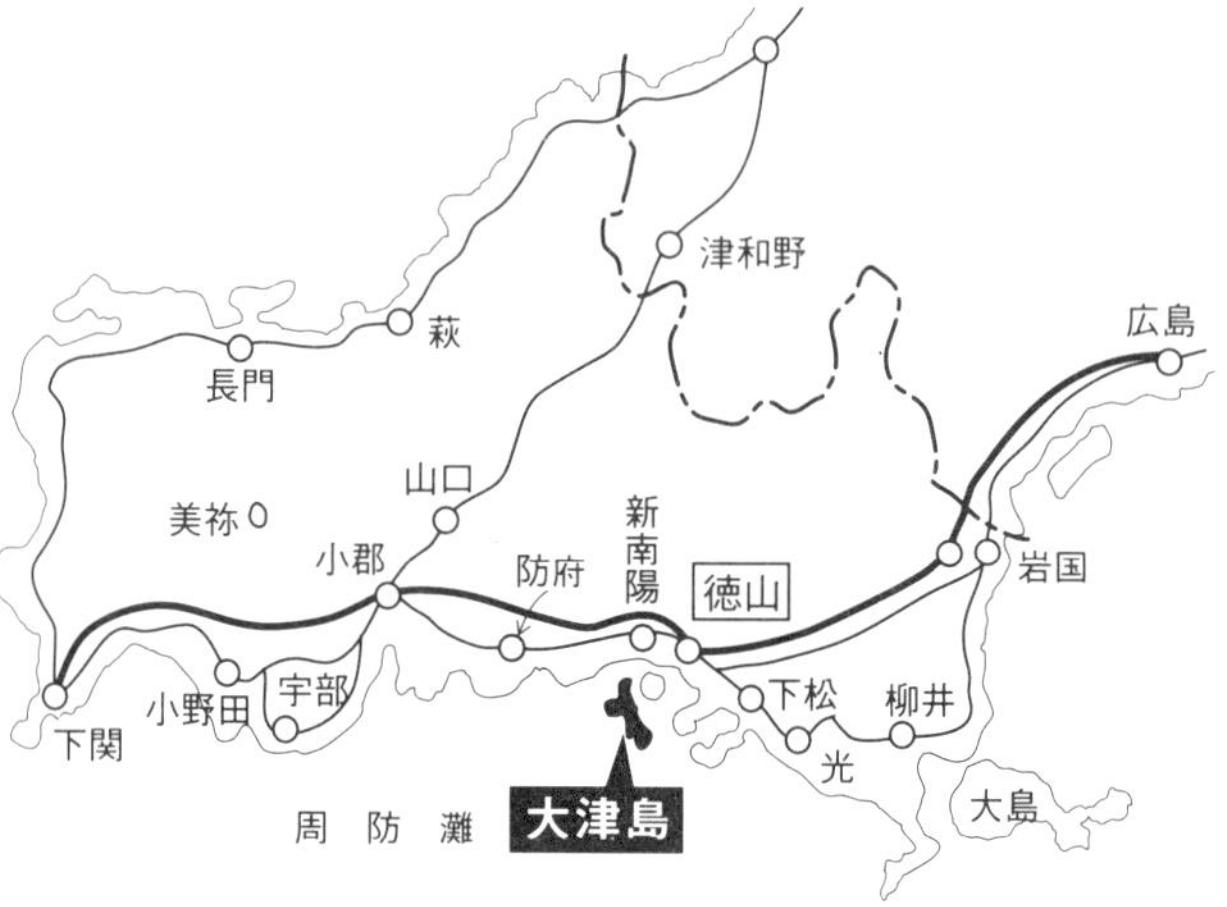

山口県大津（おおづ）島全景（全国回天会提供）

はじめに

❋新世紀に戦争を語り継ぐ会

「先日、徳山の大津島《おおづしま》でチラシを頂いて読んだのですが、あの〈学徒動員の思い出『回天特攻隊』〉を書いた大林さんの住所を知らせていただけませんか……」という電話が、勝山忠男さんから私のところへかかってきたのは、新世紀元年、二〇〇一年一一月一二日のことでした。

山口県徳山市の大津島では、例年一一月の第二日曜に「回天烈士追悼慰霊祭」が行われているのです。私はここへ数回参加していますが、二〇〇一年の慰霊祭には出版されたばかりの『新世紀に語り継ぐ戦争・聞いて下さい私たちの十六歳』の本と、私が代表を務めている「新世紀に戦争を語り継ぐ会」の案内のチラシを持って行き、配布したのです。

この「語り継ぐ会」の発足にはわけがあるのです。名古屋の東海高校二年生の生徒が文化祭で「もう一つの特攻・伏龍特攻隊」を演じたという新聞記事を見て、私ははじめて「伏龍」という名の特攻隊があったことを知ったのです。中学校教師で平和教育に熱心であった私も、このような特攻隊を知らなかったのです。いいえ。知らなかったのは私だけではありません、戦中の人もほとんど知らなかったのです。

さっそく学校に問い合わせて、長野県須坂市に、元「伏龍」特攻隊員であった清水和郎さんを取材して、『海底に消えた青春——知られざる特攻　伏龍特攻隊悲話』という本を執筆し、出版が決まっていたのです。

ところが、新世紀になって間もない一月一五日でした。長野の清水さんから、

「あなたが取材にこられたときテレビ局も来て、翌日放映したものだから、市内の多くの中学校や高校から講演を頼まれて行ったのよ。みんな実によく聞いてくれるのだけど、理解してくれない。あとで必ず〝死ぬのがわかっていて、どうして志願したのですか、志願しなければよかったのに?〟とか〝五〇年も前の人たちが、今でも毎年集まっているの、本当ですか?〟と質問が出て、わけを話してもなかなかわかってもらえないのよ」という電話がかかってきました。

考えてみると、現在の若い世代には「命を捨ててまで国のためにつくす」ということは、不可思議なこととしか聞こえないでしょう。そうです、今の時代に死ぬのがわかっていて、特攻隊に志願するものがいるでしょうか。でも戦争中は多くの若者がすすんで特攻隊に志願したのです。

皇國民の信念
大日本は神國なり。
天皇陛下は現人神なり。
我等は大日本帝國臣民なり。
我等は天皇陛下の御爲に生れ。
我等は天皇陛下の御爲に働き。
我等は天皇陛下の御爲に死す。

私のところへ上のようなコピーが、当時の女学生から送られてきました。手紙には「私たちはこれをよく唱和し、それを信じていました」と書いてありました。

皇国民の信念
大日本は神国《しんこく》なり
天皇陛下は現人神《あらひとがみ》なり
我等《われら》は大日本帝国臣民なり
我等は天皇陛下の御為《おんため》に生まれ
我等は天皇陛下の御為に働き
我等は天皇陛下の御為に死す

戦中は中学校は男女別でしたから、女学校ではこれを教育の基本として唱和し、中学校では軍人勅諭の唱和が中心でした。私自身もこのような教育を受けて、お国の為天皇陛下の為に死ぬのはあたりまえのこととして信じていました。いいえ、多くの若者はそう信じていたのです。

あなたは卒業した学校の同窓会に毎年行きますか？　元特攻隊員の方々は日本中に散らばっていても、毎年のように集まっているのです。短い期間であっても、生きるか死ぬかのきびしい毎日をともに戦ってきた心の結びつきがそうさせているのです。

そこで、当時の教育のあり方と、社会の様子を知ってもらわなければならないということになり、どちらからともなく「会を作って、当時の様子を語り伝えよう」ということになったのです。

こうして私たちは、元特攻隊員を中心として、二〇〇一年一月二六日に、「新世紀に戦争を語り継ぐ会」を発足させて、戦争中のもろもろの体験記を募集し、集まった一五〇通ばかりの中から選んで、二一世紀にちなんで二一人の体験記『新世紀に語り継ぐ戦争・聞いて下さい私たちの十六歳』（汐文社刊）を出版したのです。

その中の三点の手記は、募集のときからマスコミの目に留まり、テレビで紹介されたり、ＮＨＫラジオでは十数日間、毎日一時間にわたり朗読されました。

冒頭の問い合わせの大林和子さんの「学徒動員の思い出『回天特攻隊』」はその中の一点であったのです。

✵一枚のチラシが投げかけた波紋

勝山さんが受け取ったチラシには、次のように書かれていました。

〈「学徒動員の思い出『回天特攻隊』」

徳山市大津島の回天記念館、ここを訪れた元教師の大林和子さんの手記です。

大林さんは女学生のとき、呉海軍工廠《こうしょう》に動員されて「回天」の大事な縦舵機《じゅうだき》という部品を作りました。ある時、「回天」に乗るらしい一人の士官がやってきて、それをじっと見つめていました。女学生たち五人は、「突入が成功しますように」と、小指の先を切って、ハチマキに血書《けっしょ》して渡したのです。

いま、大林さんは「成功するということは死ぬことでした。心が痛むのです」と。

そのことを話し始められたのは一三年前、教師を辞めてからでした。

当時の友と、大津島に記念館を訪ね、このことを多くの人に知ってほしいと願っています。〉

この短い呼びかけがきっかけで、波紋は大きく広がっていったのです。

戦中は、女学生たちも学校に行かないで、工場で兵器を作る。しかも「秘密の兵器だ」

◀女学生が作った血書のハチマキ

ということで夢中になって、時には休日も返上して働いたのです。いいえ、それが大和撫子《なでしこ》といって、日本の女性の立派な姿だと教えられ、信じ切っていたのです。

✵血書のハチマキが現れた！

五十数年も前に書かれた血書のハチマキ五枚のうちの一枚が、この一枚の紙切れから見つかったのです。その経過については、後で関係者が詳しく書いています。

勝山忠男さんの八歳上の兄・淳《じゅん》さんは、敗戦直前の一九四四（昭和一九）年七月二四日、「回天」でアメリカの駆逐艦《くちくかん》に体当たりして沈めるとともに、戦死されていました。私たちのチラシがきっかけで、大林さんとの交流が行われるようになって間もなく、勝山さんは甥《おい》の小野正実さんに、このハチマキのことを話したのです。

「待てよ、血書のハチマキ、見たようだなあ」

小野さんの頭に浮かんだのが二〇〇〇（平成一二）年一一月に、

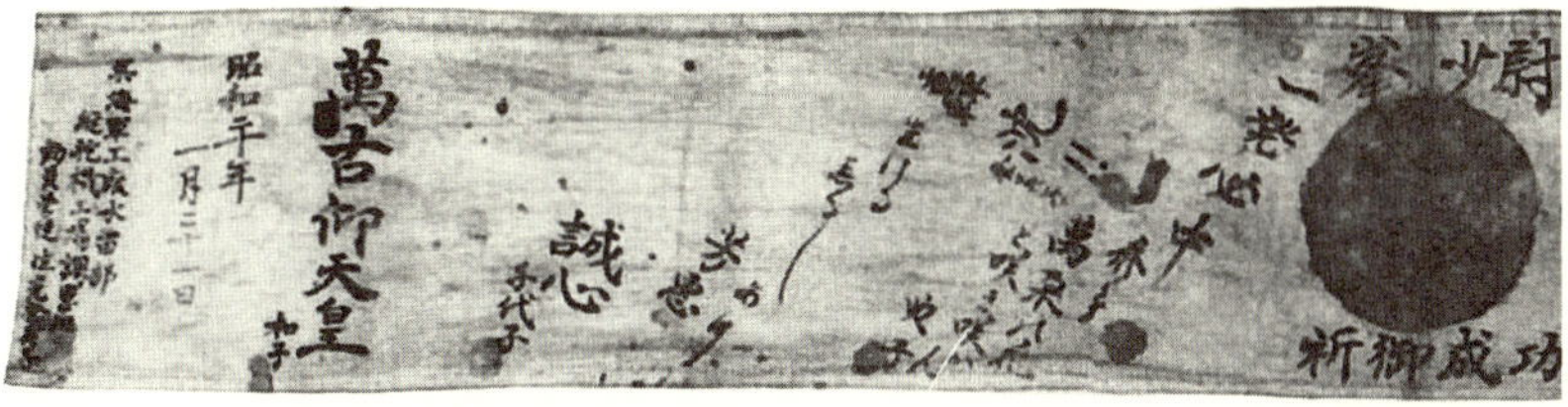

峯眞佐雄さんの子息から送られてきたホームページ「殉国の碑」開設のメールでした。そこには日の丸の血書のハチマキの写真が写し出されていたのです。

「もしかすると、あのハチマキではないだろうか？……」

さっそく峯さんに問い合わせてみると、間違いなくそのハチマキだったのです。

峯眞佐雄さんは、勝山さんの兄・淳さんと海軍兵学校の同期で、血書のハチマキを淳さんから配ってもらったというのでした。

こうして血書のハチマキの情報は、各地に広がりました。五十数年も前のことが、あたかも昨日のことのように次つぎと明らかになってきたのです。一〇年前なら考えることもできなかったIT機器の発達が、単なる通信だけでなく、過去にさかのぼって掘り返してくれる、思い返させてくれるのです。

「回天」とはどんな兵器だったのかは、後述しますが、戦争の最終段階になって使われた一人乗りの「人間魚雷」です。直径約一メートル、長さ一四・七五メートル、先端は爆弾で、敵を見つけると一基ずつ発進するのですが、魚雷ですから後退できません。敵艦にぶっつかるか、深い海底に沈むかのどちらかです。どちらにしても命はありません。

本書には、敗戦直前の一九四五年七月二四日、アメリカの駆逐艦アンダーヒルに「回天」で突っ込み、自爆死した二二歳の青年将校・勝山淳さんの、突入三か月前から突入するその時までの細かい動きが、同僚と部下のくわしい手記によって描かれています。また、戦後に送り返されてきた淳さんの遺品をもとにした遺族および関係者の回想が中心ですが、遺族と、奇跡的にも生き残った人たちにとっては、それらの一つひとつが、懐かしい思い出であると同時に、耐え難い苦しみでもあるのです。

とくに、この「血書のハチマキ」を、いまも大事に持っておられる方にとっては、自分の名前が書かれているハチマキが公表され、本書が出版されることは、同じ境遇にいて自分だけが生き残ったことへの耐え難い気持ちであろうと思うのですが、ご家族との数度にわたる話し合いで公表を快く承諾していただいたとのことで、心より感謝する次第です。

峯さんも、敗戦がもう少し遅かったら、このハチマキを巻いて突っ込んでおられたかもしれません。いいえ、それまでも出撃命令が出て、出撃しようにも「回天」そのものが動かないことが多かったのです。「回天」に故障が多かったことは、勝山淳さんの突入二日前の日記（X章）にも、細かく書かれているのです。

✵戦争のありのままの姿を伝えるために

こうして、私たちのささやかな運動が、多くの先輩の皆さん、とりわけ関係深い皆さんの暖かいご支援のもとに広がり、特攻隊という、今では考えることのできない不幸な出来事のありのままの姿を知っていただくことができることを心から喜んでいます。

さらに、二二歳の青年将校が、間もなく敵艦に突っ込んで死ななければならないそのようなとき、ほのかに芽生えてきていたであろう一六歳の少女に寄せた恋心(部下の手記には二〇歳くらいとありますが)、私はこのことに最も心を打たれました。そのことは、これまでその娘さん本人も、遺族の方もまったく知らなかったのです。ただ、遺品の中にその娘さんの写真が大事にしまってあったというのです。また、血書はしなかったけれど、そのハチマキに娘さんも署名しているのです。そして血書をした五人とともに写った写真も遺品の中にあったのです。

さらに、戦後間もないころ、お母さんは娘さんを連れて、呉から茨城県まで墓参に行かれたというのです。お母さんの心のうちはいかがだったでしょう。

このことは、ご本人の山口泰子さんが「伝わりくる思い出、回想はわびしく」(Ⅴ章)に書いておられます。

このように、私たちの配ったチラシがもとになって、インターネットを通じて、当時のことが克明に再現されてきたのです。

私は、教職在職中には平和教育に熱中しました。退職後は十数冊の本を出し、方々へ講演にまいりますが、特に中学・高校の生徒からは、

「神風特攻隊のことは知っていたが、一八、九歳の人が命を捨てたことや、中学生や女学生が勉強もせずに兵器を作っていたのは初めて知った。そんな世の中は怖いと思うけど、それ以上に、それを疑わずにやっていたことが怖いと思う」

「二二歳の人が、一六歳の少女に心を寄せながらも、『回天』で突っ込んでいったことが心に残った」

等々の感想が寄せられてきました。

戦争中を生き抜いてきた世代も少なくなってきました。しかし、戦争の表面だけでなくありのままの姿こそ伝えなければならない、これこそ私たち世代の責任だと思うのです。

本書は、ただたどしい文かもしれませんが、体験したものでなければ書けない、心に迫るものをおぼえるでしょう。

編者　児玉辰春

Ⅰ　「回天」とはどんな兵器だったのか

児玉辰春

❋人間魚雷「回天」

ここで、本書を読んでいただくために、まず「回天」という特攻兵器は、どんな兵器だったのか、いったい何のために、どのようにして作られてきたのかを知っておいた方が理解しやすいと思いますので、簡単に書いておきましょう。

次ページの写真は徳山市大津島に展示されてある「回天」の写真です。直径一メートル、長さ一四・七五メートル、重量八・三トンの魚雷の先に、一・五五トンの爆薬を装てんした、これが「回天」そのものであり、勝山淳中尉はこれに乗り込んで、アメリカの駆逐艦アンダーヒルに突っ込んだのです。また多くの若者がこうして命を奪われていったのです。

大津島・回天記念館に展示されている「回天」

すなわち「回天」とは、人間が操縦して敵艦に体当たりする一人乗りの超小型潜水艦というよりも、魚雷です。別名「人間魚雷」と呼ばれる特攻兵器で、潜水艦に四ないし六基が積み込まれ、敵の艦隊を見つけると一基ずつ発進させるのです。魚雷ですから後退はできず、また潜水艦のような潜望鏡ではなく、特眼鏡といって、海面から一メートルばかりしか出ないものを使うため、波の荒い時には役に立ちません。

それでは、なぜそのような兵器が作られてきたのかを考察してみましょう。

✵「回天」関連の年譜

一八九四（明治27）年　7月　日清戦争始まる
一九〇四（明治37）年　2月　日露戦争始まる
一九一〇（明治43）年　8月　朝鮮併合
一九三一（昭和6）年　9月　満州事変起る

一九三二（昭和7）年 3月 満州国建国宣言
一九三三（昭和8）年 3月 国際連盟が建国宣言取り消し勧告、日本は国際連盟を脱退
一九三七（昭和12）年 7月 日中全面戦争始まる
一九三八（昭和13）年 3月 国家総動員法
一九四〇（昭和15）年 9月 日独伊三国同盟。
10月 大政翼賛会発足
一九四一（昭和16）年 12月 日本が、対米英宣戦布告
一九四二（昭和17）年 6月 ミッドウェー沖海戦で、日本が大敗
一九四三（昭和18）年 2月 日本軍ガダルカナル撤退
4月 山本五十六連合艦隊司令長官戦死
7月 愛知一中・米子中などで甲種飛行予科練習生に集団応募
9月 「回天」構想始まる
天皇が召集の御前会議で次年度の飛行機生産を四万機とする
10月 学生の徴兵猶予停止で、専門学校・大学生が兵隊に
12月 黒木中尉と仁科少尉が「回天」構想を申し込み。採用運動
学徒出陣、徴兵年齢一年引き下げ（一九歳）

一九四四（昭和19）年

2月　マル六《まるろく》金物という記号で「回天」試作命令

7月　試作艇完成

8月　正式に兵器として採用（一日）

9月　山口県大津島に「回天」基地開設。勝山淳らは着任一号

10月　神風特攻隊始まる

11月　「回天」菊水隊出撃、「回天」作戦始まる。三隻の潜水艦に各四基の「回天」、搭乗員一二名がウルシー環礁およびコスソル水道の敵艦隊へ突入

山口県光市に「回天」基地開設

一九四五（昭和20）年

3月　山口県平生に「回天」基地開設

4月　大分県日出町に大神基地開設

この年表を見るとわかるように、日本の軍部による「満州国」建国宣言以来、国際連盟は、日本軍の「満州」からの撤退を求めてきましたが、日本はそれを拒否して国際連盟脱退を宣言し、日中戦争を始めたのです。

政府は、国民の戦意を高めるために、教育はじめマスコミもあげて国際連盟脱退を謳歌

し、こうして国家総動員法が発令され、労働組合は解散させられて、すべてのことが天皇陛下の命令に従わせられる大政翼賛会政治（天皇の政治に無条件に従う）となり、戦争に反対するものは監獄へぶち込まれ、わが子が戦死しても、涙を流すと「非国民」という烙印を押されるようになり、さらに米英との戦争に巻き込まれてしまったのです。

一九四一年一二月一日には、御前会議といって天皇が召集した会議で「一二月八日、対米英開戦」を決議して、連合艦隊はひそかにハワイへと進み、八日早朝ハワイの真珠湾を奇襲してアメリカの艦隊に大きな打撃を与え、マレー半島のコタバルにも上陸したのです。

つづいて一〇日には、マレー沖海戦でイギリスの戦艦二隻を撃沈するなど、緒戦の勝利に酔っていた国民に対して、半年後のミッドウェー海戦での大敗北など、不利な情報はいっさい知らされず、学徒動員法などで中学三年以上は勉強をやめて工場で兵器作りに動員し、「回天」は、呉市と光市などの海軍工廠で、主にこれら動員学徒の手で作られたのです。

本書が出版されるきっかけになったのは、当時女学生で「回天」の部品を作っていた、大林和子さんの手記（Ⅸ章）が発端でした。

ひとたび発進すれば、自分の意思では外に出ることができない兵器が、どのように急がれて作られていったかを、先の表で見てください。試作命令からわずか一〇か月足らずで一二基の「回天」が四四年一一月二〇日、南洋諸島のウルシーとパラオのコッソル水道を奇襲して、ウルシーではアメリカの油槽艦を撃沈したが、わが方も伊三七潜水艦を失っているのです。

当初は港に停泊中の艦船攻撃が中心でしたが、レーダーの進歩や、停泊地の警戒が厳重になって、停泊艦攻撃が困難になり、四五年四月からは航行中の艦艇への洋上作戦として、七〇基が投入されたのです。

太平洋戦争末期、【天を回らす】起死回生の兵器として、悪化する戦局を逆転させる願いを込めて「回天」は誕生しましたが、全国から二〇歳前後の精鋭たちが大津島に集まり、毎日厳しい訓練を繰り返し、窮地に立つ祖国を守るため、多くの若者が二度と帰らぬ壮途についたのでした。

こうして調べてみてわかったことですが、私たちも知らない次のような特攻兵器があったのです。

❋敗戦直前の日本の特攻兵器

桜花　頭部に一・二トンの爆弾をかかえた人間爆弾で、飛行機の型をして、大きな飛行機の腹につるされ、ロケット噴射で一人乗り、敵艦に体当たりして自爆する。

橘花　人間長距離砲弾ともいうべき特攻兵器で、日本近海に来た敵艦目がけて山陰の基地から発射される自爆兵器。

神龍 陸軍では、上陸してきた戦車に対して突入する滑空機特攻で、山腹に潜ませておいて、進撃してくる敵戦車に音もなくおそいかかり、体当たりする。海軍には伊四〇〇潜水艦による、水上機青嵐でパナマ運河爆撃計画があった。

咬龍 特殊潜航艇の改良型で、四五キロの魚雷を二本積み込み、真珠湾攻撃の特殊潜航艇・甲標的より一回り大きく、乗員五名。

海龍 補助翼で潜航浮上ができ、水中で戦闘機のように行動できる。乗員二名、魚雷二個。

回天 魚雷を改良して人間が操縦するようにした全長一四・七メートル、直径一メートル、一・五五トンの爆薬を装填、水中速度三〇ノット。一人乗り。

震洋 ベニヤ板製で、長さ五メートルのモーターボート。二人乗りで二五〇キロ爆薬搭載。

伏龍 簡易潜水服で、敵の上陸予想地点の海底に潜み、棒機雷を突きつけて爆破撃沈する。

土龍 たこつぼを掘って敵の戦車の腹に突っ込み、棒機雷や火炎瓶で撃破する。

Ⅱ　血染めのハチマキで突っ込んだ兄・勝山淳

勝山忠男

沖縄が敵の手中に落ち、日本の多くの都市は、米軍のＢ29爆撃機の焼夷弾によって焼け野原となり、制海・制空権はほとんど敵に支配されて、毎日のように敵の飛行機が飛来して重要施設を爆撃していました。一方、一億総玉砕が叫ばれて徹底抗戦の気運を盛り上げる戦争指導のもとに、婦人に対する竹やり訓練などが盛んに行われていました。

このような状況のなか、兄・勝山淳《じゅん》は一九四五（昭和二〇）年七月一四日、敵のレイテ・沖縄間の補給路を遮断するため「回天」特攻隊多聞《たもん》隊として、五人の隊員とともに山口県大津島《おおづしま》基地より伊五三潜水艦で出撃の途につきました。そして七月二四日、ルソン島北方海域において、米軍輸送船団の護衛の任にあたっていた駆逐艦アンダーヒルに、自ら操縦する人間魚雷「回天」で体当りして戦死したのです。

あれからすでに半世紀あまりが過ぎましたが、将来にゆめと希望を抱いて懸命に勉学に励んでいた中学時代の兄の姿と、楽しい思い出の数々が、今も私の脳裏に焼きついています。

✵小鳥も撃てなかったやさしい兄

わが家は大家族でしたから、兄が中学二年のとき、私は兄と二人で隠居部屋でいっしょに起居するようになりました。片田舎の当地（茨城県那珂《なか》町）には、まだ電気が引かれておらず、兄は毎夜ランプの灯りの下で深夜まで勉強に取り組んでいました。兄はとくに英語が好きでしたので、英語を口ずさむ声を聞きながら夢路についたことを、昨日のことのように思い出します。

この地方では一三歳になると、海に面した東海村の虚空蔵堂《こくぞうどう》寺院へ詣《もう》でる習慣がありました。私が一三歳になって間もなく、十キロあまり離れたその寺院へ、兄の自転車に乗せてもらってお参りに行きました。目の前に広がる大海原を前に、「あれが水平線だよ」と教えてくれたこと、難しい数学をみてくれたこと、初めて海水浴に連れて行ってもらい、泳ぎを教えてくれたこと等々、当時の優しかった兄との楽しい思い出があざやかに蘇ってきます。兄と私は年が八歳離れていたので、日常生活の様々な面で面倒を見てもらってい

水戸中学時代の勝山淳さん。前列中央

ました。

兄は勉学のかたわら農作業の仕事も進んで手伝っていたし、思いやりがあり、やさしかったので、家族のみんなから慕われていました。兄が中学の頃、次兄と三人で雨戸越しに空気銃で小鳥を狙い、次兄が射落として、次は兄の番でしたが、なぜか撃ちませんでした。

兄は、生来努力家で負けず嫌いでしたから、小学校も中学校も上位で卒業していました。中学の級友の話では、兄は何事にも真剣に取り組み、集中するタイプでしたが、目立つのは好まなかったようです。

そのような兄がなぜ海軍兵学校を志願したのかよくわかりませんが、当時は富国強兵の国策のもと、兵役に就くことは男子の義務であったから、次兄は陸軍士官学校に進み、士官として陸軍で奉公していたので「兄が陸軍なら、俺は海軍士官として奉公しよう」と志願したのだと思います。

✵志に燃えて海軍へ

兄は、太平洋戦争が始まる直前の一九四一（昭和一六）年一二月一日、水戸中学校を繰り上げ卒業して、海軍兵学校へ入校しました。兄の生涯の中で、この時ほどうれしかったことはないでしょう。あのときの満ち足りた兄の顔が、ありありと浮かんできます。

兵学校では、立派な海軍士官を目指して張り切って懸命に心身を鍛えていた様子が、父への当時の手紙に書かれていました。ここに海軍兵学校同期の後藤顕郎さんの懐古記を拝借します。

「彼は兵学校三学年の時、同じ分隊で机を並べていた仲間である。つぶれた帽子をかむり、色白く、細い目に常に微笑をたたえ、ずんぐりした体に闘志を秘めた熱血漢であった。自習時間中、昼間の疲労でついうとうとしていると、『三号、姿勢を正せ』の声に眠気をさまされたこと（これは私への注意だったのです）、また茨城なまりの、能弁ながら、かんで含めるような口調の注意を思い出すが、その誠意溢れる言葉は聞く者をして、胸をうたずにおれないものでした。真面目である反面、彼と接しているとなんとなく気持ちが和らぐという性格の持主でもあった」

一九四四（昭和一九）年三月に海軍兵学校を卒業した頃から、日本はすべての戦場で敗北を重ね、戦局は悪化の一方をたどっていました。この戦局を挽回しようと、人間が操縦して敵艦に体当りする「人間魚雷」が開発されて、同年九月、山口県徳山湾の大津島に「回天」基地隊が開かれ、二〇歳前後の精鋭を募り、「回天」操縦訓練が始まったのです。

❋「回天」搭乗員に指名される

兄はその九月二五日に、「回天」搭乗員の任命を受けて、大津島基地隊へ赴任しました。「回天」搭乗要員は予備学生や予科練出身者の場合は志願制でしたが、兵学校・機関学校出身者は、潜水学校普通科の教程を終えた者の中から選抜により任命されるのが大部でした。選抜基準は、視力や、身体強健、意志力、攻撃精神、家庭に後顧の憂いがないかで選抜されたのです。

選ばれた者は次男、三男が多かったようです。兄は三男で心身とも健全であり、中学時代に柔道で培った旺盛な攻撃精神は人一倍強かったし、当時の家族は両親と兄弟が一〇人の大家族でした。男兄弟は四人、三人は軍人でしたが、弟の私もいたので、選抜基準に合致しており、指名されたのだと思います。指名を受けて光栄に感じ、勇躍応じたのでしょう。

殉国の情熱に燃えていた兄のこと、わが身を弾丸にして国難にあたろうと、日々、訓練の先頭に立って励んでいたものと思います。兄が大津島へ赴任後は、私たちへの書簡は少なくなり、あっても任務のことには一言もふれず、日常生活のこともわずかで、家族の安否を気遣う便りがほとんどでした。

❋「最後の別れ」と「最後の手紙」

出撃した一か月あまり前に、突然帰省してきました。昼休みに校庭で夢中で遊んでいた私を呼ぶ声がしたので振り向くと、近寄って来て「もう会えないかもしれないからな」と言いました。

世話になった恩師へ挨拶に来た帰りに、偶然私を見かけたのでしょう、私は胸がつまり何も言えませんでした。いつもの兄と違う異様な様子と、立ち去る後姿が今でも鮮明に残っています。帰省が終わり、戻る兄を家族みんなで駅まで送りましたが、張りつめた雰囲気に、みんなは「最後の別れ」を感じとったのでした。

兄が大津島へ戻って間もなく、母は仏壇の下に置かれていた頭髪と爪を見つけ、胸に抱きしめて泣き崩れたと、後から聞きました。気丈であった母でしたが、大きなショックを

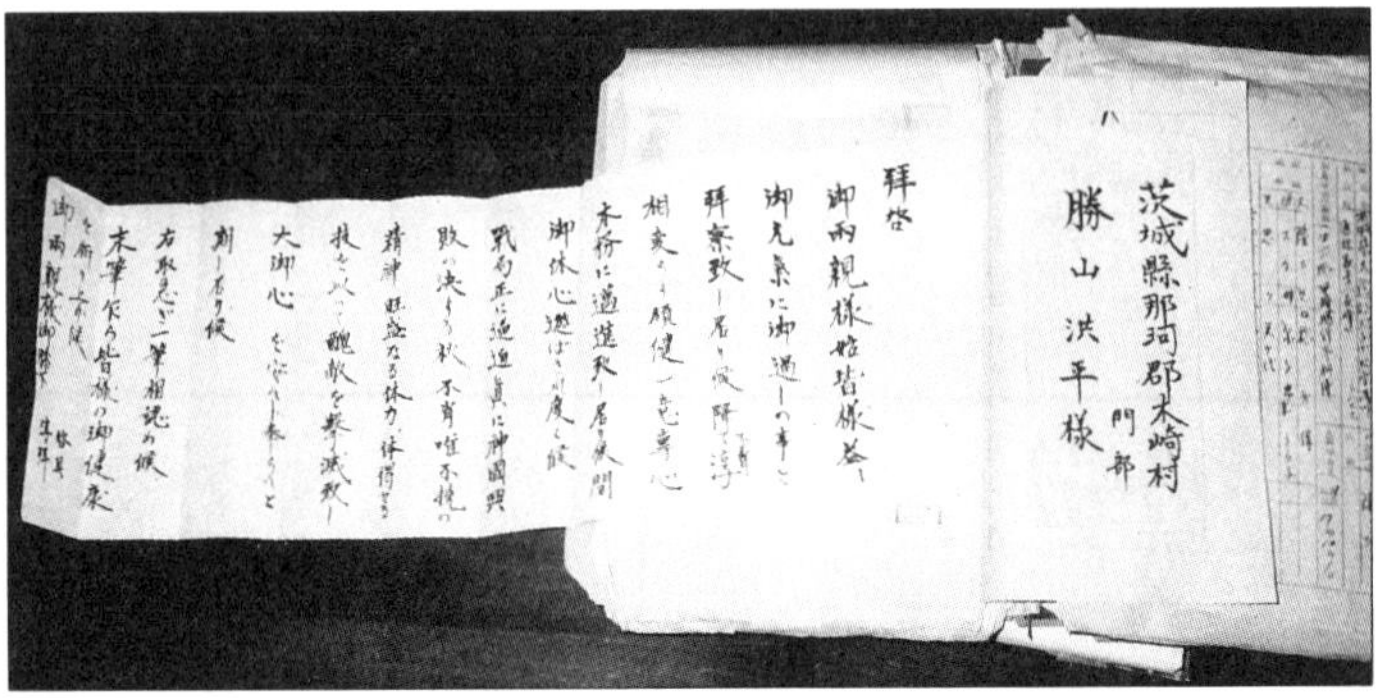

勝山淳さんが父宛に書いた最後の手紙

受けた当時の母の姿が、まぶたに浮かんできます。

これが、家族との最後の別れのための特別休暇であったことを知ったのは、戦争が終わってからでした。

自分の命が、あと幾ばくもないということさえも、軍の秘密として親兄弟にも打ち明けることができなかったのです。だから両親の顔を見るのも耐え難く、兄はわが家より、姉の嫁ぎ先に泊っていました。かなり年月がたって聞いた姉の話では、兄は、姉たちともあまり話すことなく、小さい四、五枚の写真を一人で眺めていたのが強く印象に残っていて、ほとんどの写真は、あい色の海に、白く一線（「回天」の航跡）が引かれたものだったといっています。

兄が大津島を出撃する前、父宛に送った最後の手紙には、次のように認《したた》めています。

「拝啓、御両親様はじめ皆様益々御元気に御過しの事と拝察致し居り候。降て不肖淳相変らず頑健、一意専心本務に邁進致し居り候間、御休心遊ばされ度く候。

戦局正に逼迫、真に神国興廃の決す秋、不肖、唯不撓の精神、旺盛なる体力、体得せる技を以って醜敵を撃滅致し、大御心を安んじ奉らんと期し居り候。右取急ぎ一筆相認め候。末筆乍ら皆様の御健康を祈り上げ候」

死を目前にしての出撃のことには一言も触れていませんが、滅私報国の確固たる決意と自信が漲《みなぎ》っているのが伝わってきます。この書信は兄が大津島から父宛に送られた、数少ない手紙のなかの、最後の手紙だったのです。

✵出撃後に綴られた決意

九か月余にわたり、厳しい訓練に明け暮れ、戦友の操縦艇に同乗して寒波の海に十数時間も漂流した「回天」初搭乗など、思い出多い大津島を後にして、兄は七月一四日、伊五三潜水艦で沖縄南方の海域へ出撃して行ったのです。

「今、第一線に出撃。見事、敵艦を轟沈せんと意気込める余の胸にひしひし迫る真忠こそ一生一代の忠に非ず、子々孫々末代に伝わる忠なり、一生一代の忠は、それこそ微々たるものなり。このとき余は、余の志を継ぐものを。しかしこれも、はかなき夢、花も盛りの二二歳、今神国の捨石とならん」

出撃当日の潜水艦内で書かれたこの日記には、決意を新たにした兄の祖国日本と家族に対する思いを、うかがい知ることができるのです。

この日記は、大津島を出撃した日から、敵艦に体当たりした七月二四日の前日まで毎日書かれていて、過ぎ去りし想い、祖国、同僚、部下をいとおしむ想いが綴られています。しかし発進前日の二三日の日記には、伊五三潜水艦に搭載された「回天」の各艇の可動状態を克明に記していて、明日の発進を予測していたようで不思議でなりません。

一六日の日記には、次のように記していました。

「遠からず見参する大物を夢みつつ、斯く逝きて帰らざる最後の旅立をして、遥か大洋の彼方に乗り出し見て、初めてわが神国の有難さ、懐かしさ、人々に対する愛着の勃然と湧き出るを禁じ能わず。今の日まで、かく愛着を感ぜる事、何時の日ありしか。唯、愉快に過ぎ来りし二二年の生涯も、かく観ずれば通り一遍の生活なりやと、併し今、この通り一遍な生活の最後の締め括りとして、神国護持という大なる任務を死を以って完遂せんとす。嗚呼又快ならずや。遥かなる都の方を仰ぎ見て堅く誓わん必殺の雷」

❁米駆逐艦に命中、南洋の海に沈む

七月二四日午後、伊五三潜水艦は目的の敵輸送船団を発見し、艦長は「『回天』戦用意」

伊53潜水艦。艦上に「回天」を搭載している

を下命されました。「回天」攻撃には、波荒く敵艦の方位、速度等からギリギリの状況でしたが、「見敵必殺・必死の覚悟」で敵発見の機会を待っていた兄をはじめ「回天」搭乗員は、強く「発進」を要請しました。

艦長は、先任搭乗員だった兄の強い希望を受けて、兄の一艇のみの発進を決断して命じたのです。午後二時二五分、兄の「回天」は伊五三潜水艦から発進し、敵輸送船団へ突進していったのです。しかし敵に発見され、爆雷攻撃を受けるなど苦戦を強いられましたが、不屈の闘志で絶好の命中位置を得ようと、敵艦の右へ左へ執拗に挑んで体当たりを敢行し、発進してから四〇分あまり後の、午後三時七分に敵艦アンダーヒルもろとも海底に散ったのです。

「兄さん、轟沈《ごうちん》だったよ。小鳥も撃たない兄よ、見敵必殺、執拗果敢に攻め、見事に必殺を達し本望でしょう、軍人の鑑、絶対無駄にしないよ、平和になったよ、安らかに」

これが、あのとき校庭で何も言えなかった私の答えです。

実は、兄のこの壮烈な奮闘は米国側の資料に詳しく記載されており、それには、船団の中を神出鬼没のごとく現れた一艇の「回天」に対して〈複数の「回天」と交戦〉と記述されています。飛行機特攻でも、操縦者と戦果が結びついた例は少ないといわれていますが、兄の場合は、一艇しか出ていなかったので兄の戦果であるのは間違いなく、全「回天」戦で、誰のあげた戦果か確定できた唯一のケースとなったのです。死生を超越した冷静沈着、勇猛果敢に戦った輝かしい武功です。

兄の発進以後、伊五三潜水艦で一緒に出撃した隊員の中、三名の操縦する「回天」は、日をおいて次々に発進して兄に続いたのです。母艦が敵の爆雷攻撃をうけて危機に瀕していた時、自ら希望して発進し、母艦を救うなど輝かしい功績を上げ、南洋の海に散華《さんげ》し、祖国に殉じたのです。

終戦になってしばらくしても公報がないまま、私は兄の帰りを待っていました。ある日、近くの谷津川で遊んでいたとき、私の名前を呼ぶ声がしたので振り向くと、海軍にいた親類の小泉和典さんが、「兄さんは、人間魚雷で突っ込んだからな」と一言だけ言いました。それまで私の心にあった「生きていてくれ」という願いは絶たれ、兄の死を受け入れるしかなかったのです。胸がつまり一言もいえませんでした。その少し前に、大津島「回天」隊で兄といっしょだった、同郷の仲野正美さんが兄の手提げカバンを届けに来駕《らいが》され、兄の出撃の様子を父母に話してくださいました。私は父から聞きましたが、戦死の公報がないので信じられず、どこかで生きていると思っていたのです。

✸アンダーヒル遺族の来訪

歳月が流れた一九九一（平成三）年八月、大津島で分隊士をしていた兄の部下の榊原勝さんから手記をいただきました。それには大津島の訓練の様子や、出撃を二か月後に控え、特別休暇で、兄と一緒に外出した時の様子が詳しく書いてあり、当時の兄の生活を偲ぶことができる唯一の記録でした。

兄が大津島へ赴任する前に下宿していた呉の黒川さん宅を訪ね、お母さんや娘の泰子さんから懇切な接待を受け、「回天」の操縦席に敷く座布団をいただいたことがわかりました。これは泰子さんの手縫いのもので華やかな作りだったようです。心のこもった座布団は最高の贈物、大きな勇気づけになったことでしょう。

終戦の翌年、黒川さん母子は、呉市から真夏の盛りに墓参に来駕いただきましたが、当方の筆不精から音信が途絶えて、消息が不明になっていました。

「戦争の世紀」と呼ばれた二〇世紀の最後の年、二〇〇〇（平成一二）年九月二四日に兄の生家に、「アンダーヒル」に乗組み、艦と共に逝った遺族のヘンリー・ロードさんが訪ねて来ました。

ロードさんは当時四歳でしたから、父の顔も知らないのです。父の戦死の状況を知りたい一心で、はるばる米国のボストンから訪ねてきました。そのときには兄の戦友の峯眞佐雄さんや、伊五三潜水艦の航海長の山田穣さんが出席されて日米双方の遺族に、当時の日本側の作戦、行動状況等を説明してくださいました。

私の兄も、ロードさんの父親も、祖国のために戦った戦士ですが、今、ロードさんたち遺族の気持ちを思うと、やりきれなくなります。

最後にロードさんから遺族同士の心の交流の証しにと「メッセージカード」をいただきました。新世紀が戦争のない平和な時代であることを願い、次世代の子どもたちに託した誠意あふれるメッセージに、深い感銘をうけました。

❁「血染めのハチマキ」を作った女学生

そういう出会いがあり、兄のことを少しでも多く知りたく思っていたある日、今、思えば、何とも不思議な偶然でした。平成一三年一一月一一日（兄の誕生日は大正一三年一一月一一日）、山口県徳山湾の大津島における「回天」追悼式に出席した折、船着き場付近で配布していたチラシ「新世紀に語り継ぐ戦争」を手に取りました。すぐ表題の「学徒動員の思い出『回天特攻隊』が目に飛び込みました。

チラシには、呉海軍工廠《こうしょう》に学徒動員されていたときの体験を書いた大林和子さんの手記で、ある時、縦舵機《じゅうだき》工場へ一人の士官がやって来て「回天」をじっと見つめていたこと、女学生たち五人は、次の日曜日に「突入が成功しますように」と、小指の先を切ってハチマキに血書して渡したことが記してありました。

血染めのハチマキについては、大津島「回天」隊の兄の戦友で、海兵同期の峯眞佐雄さんの手記で、一九四五（昭和二〇）年一月に、兄が呉海軍工廠を訪れた際にいただいたものので、大津島の海兵同期（七三期）の戦友に配ったことはわかっていました。

縦舵機工場を訪れた士官は誰なのか、血染めのハチマキを作った五人の中に榊原さんの手記の中の泰子さんがいるのではと思い、「新世紀に戦争を語り継ぐ会」代表の児玉さんに大林さんの連絡先を聞き、電話をすると、「泰子さんとは女学校の同窓で大の仲良しでした」とうかがい、予期しない偶然に飛びあがる思いでした。

間もなく、工場を訪れた士官の様子を詳しく書いた大林さんの手記を受け取り、何回となく読み返しましたが、読むたびにその士官は兄であるように思えてなりませんでした。

当時、大津島での日常のことは、兄からほとんど知らされておらず、血染めハチマキのことも半世紀あまりを経た今、やっと知ったのです。このハチマキは大津島生活での唯一のうれしいエピソードだったでしょう。

兄が大津島へ赴任後に私へのハガキは数回もらいましたが、いつも数行程度で、自分の任務のことは微塵《みじん》も触れず、私の勉学を気遣う励ましの内容がほとんどでした。ある時、もらったハガキに目を通したとき、私は大きなショックを受けました。いつもの兄と違う文言だったので、不思議に感じたのを今でも覚えています。今、当時の兄の心境が読みとれ、自問自答して納得させていたことがわかり、胸がつまります。

ハチマキが結んだゆかりの人との出会い

偶然が重なって、半世紀ぶりに泰子さんの消息がわかり、連絡をとりあって「兄を偲ぶ会」を計画し、二〇〇二(平成一四)年一〇月六日、靖国神社に近いホテルで泰子さんを囲み、兄の思い出話など、楽しいひと時を過ごしました。

兄を偲ぶ会には、峯さんのご好意で同席されたご子息が、本物の血染めのハチマキを持参してくださいました。中央に小指を切って染めた日の丸、一〇センチぐらいの大きさで丸く染められ、横に「赤心」と血で書かれ、数人の寄せ書きが墨筆で書かれ、各々の血判が押されていました。本物を目にしたとき、一六歳の女生徒に、よくもこんな勇気が湧いたものだと驚き、感動しました。まことに偲ぶ会にふさわしいハチマキでした。

生きることは死を待つこと、生と死のはざまにあった兄にとって、このハチマキはどんなにか慰めになり、「見事にやってやるぞ」と意気を高めたことでしょう。

このハチマキは呉海軍工廠に学徒動員されて、「回天」の舵をきる装置である縦舵機の調整を担当していた、県立呉第一高女の五人の女学生が作ったものの中の一枚です。彼女たちは、「回天」の攻撃が成功するようにと祈りを込めて、自分の小指をカミソリで切り、自分で用意した白布に日の丸を染めたのです。

成功することは搭乗員が散り逝くこと、小さい胸を痛めながら勇気をふるいたたせた様子をうかがい知ることができます。彼女たちもまた「回天」隊員と同じく、必勝を信じて懸命に立派に戦ったのです。

二〇〇二(平成一四)年一一月一〇日、この年の大津島での追悼式では、ハチマキを作った一人の大林さん、戦友の峯さん、兄と一緒に伊五三潜水艦で出撃し、「回天」の故障で生還した竹林さん、兄の部下の榊原さんなど、兄を知る多くの方々とお会いすることができました。苦しかったあの時代を共に生き抜いてきた方々と追悼式で捧げた思いや願いは、必ずや祖国のため若くして尊い命を捧げざるを得なかった、天上の兄たちに届くものと信じております。

❋語り継ぐことが平和への貢献

追悼式の翌日、私は、昔の呉軍港を頭に描きながら呉駅行きの電車に乗りました。幼なじみの平山彰君の案内で、呉軍港時代の施設であった旧呉鎮守府や呉海軍工廠跡や港湾を見て廻り、ありし日の兄を偲ぶことができ、うれしい旅でした。

「回天」特攻隊の壮烈な戦いも、歳月の流れとともにやがて消えていくかもしれません。彼女たちの、このような誠心あふれる勇敢な行為も知られることなく埋もれて行くでしょう。豊かで平和の世が続いていますが、いかに歳月を経ようとも、過去にこのような事実があったことを忘れてはなりません。

悲惨な戦争を繰り返すことのないよう、世に永く語り継がれて平和の貢献になることを切に願うものであります。

この本の「はじめに」にあるように、ふと手にした一枚のチラシがきっかけになり、多くの出会いが生まれました。

二〇〇三年一月八日、「新世紀に戦争を語り継ぐ会」の児玉さんから、「血染めのハチマキ」が見つかった縁をもとに本を出版したいというお申し出に胸が熱くなり、断片的な記憶を思い出しながら、兄との懐かしい思い出を綴りました。

　この本のために、手記を執筆してくださったのは、兄が生前お世話になった方々が中心です。私が出会った一枚のチラシと、この本は私の宝です。編者の児玉さんや執筆してくださった方々、ご尽力いただいた皆さんに心より感謝申し上げます。

Ⅲ　私は勝山中尉の部下だった

榊原　勝

以下の文章は、勝山淳さんの部下だった榊原勝さんが、二〇七分隊の同期会のあと、同期会の幹事であった、渡部勘兵衛さんにあてて書いた手紙の全文です。榊原さんは現在療養中ですが、快く了解していただいて本書に掲載させていただきました。

気持ちとしてはもっと丁寧に書きたいとおっしゃっておられますが、病床におられますので、原稿を読んでいただいて、不明な部分だけ訂正、加筆させていただきました。

（児玉　辰春）

＊

七月一三、四日の同期会は今までで一番印象の深い二〇七分隊会でした。一七、八歳であった当時のことを思い起こさせ、二度とあのような戦争を起こしてはならないと、自分に言いきかせています。戦争末期の私たちのありのままの姿を書きとどめるのも一つの義務ではないかと思い、私のかかわった部分だけでもと、つたないペンをとりました。

❋「回天」訓練の日々

宇品《うじな》から江田島《えたじま》へ送迎してくれた自衛隊の駆潜艇に乗艦したときから、私の思い出は始まりました。そして、艦のハッチを見つめていると、大津島《おおづしま》での訓練の様子が頭に浮かんできます。

〈「電報」、頭の上で艇長から声がかかります。電報を打てというのです。

「はい」、私はハッチから首を出し、甲板の上の油と鉄錆のついた搭乗靴に、顔をぶっつけられないように注意しながら、艇長からの発信文を書き留めます。

私は大声で復唱します。「マル六（「回天」の秘密の呼び名）黒髪島〇〇潜航中、五分後〇〇浮上、回収艇乞う」

「ようし！」

私は急いで底に降り発電機を廻し、電信機のスイッチを入れ、電鍵をたたきます。

［・―・　・・・―・］（電報了解通信終了）

私はまたハッチから首を出し、「艇長、了解しました」

足もとを見下ろした艇長・勝山中尉はニコッとうなずき、また前方をみつめています。

私はタラップを二段ほど上り、艇長などの体の隙間から海面を目で追います。

プクプクと泡を立てて潜行していた「回天」が、特眼鏡を海面に出しました。白い航跡が一〇〇メートルも続いたころ、「回天」は浮上し停止しました。基地から黒い回収艇がこちらへ向かっています。この日は初歩の潜行の訓練でした。

二日後の訓練は次のようでした。私たちの追蹤《ついしょう》艇は潜行する「回天」を追います。前方を航行している、標的の駆逐艦「楓《かえで》」の姿が大きく迫ります。私はレシーバーに神経を集中します。

艇は速度を落としました。

［―・・・―］（命中。ただし大津島だけの略符号）

「楓」から命中の知らせです。私はまたハッチから首を出し、

「命中。艇長、命中しました」と、大声で報告します。

「楓」の通過を待って、艇は「回天」の行方を追います。

「命中したか！　事故はなかったな」艇長のつぶやきが頭の上でします。

次に大声で『回天』浮上、エンジン停止」と、命令を出します。

艇は「回天」のそばに寄り添って停まります。「回天」と艇は、のどかな海に漂っています。しばらくして回収艇がきて「回天」を横抱きにして基地に帰ります。

「電報」

「はいっ……」

私はまた艇の底にもぐり電鍵をたたきます。「今日は本当にうまく『楓』の下をくぐったものだ。風もなく、べた凪《なぎ》だったし」と自問自答しながら、私もいっぱしの仕事をしているという充足感の味わえるひとときでした。〉

こんなことを思い出しているうちに江田島につきました。もとの兵学校桟橋です。校庭には海に向かって戦艦の主砲が記念品としておかれ、デリック（小型起重機）にはカッターがつるされ、往時とあまり変わっていません。というのは、私は四〇年前ここを訪れたことがあるのです。そして資料館（旧東郷館）の横の広場に特殊潜航艇（甲標的等数種の特殊潜航艇）を見たとき、「おう、わしらの棺桶があるぞ」と、誰かが叫びました。私は何ともいいようのない気持ちで、胸がぐっとしめつけられました。高ぶる気持ちを抑えながら、私はそれらをなで、さすりました。しばらくしてみんなといっしょに東郷館へ入っていきましたが、あるところで私の足は釘付けになりました。

「回天」搭乗員名が大理石に刻まれています。私は一字一字食い入るように探します。

「中尉　勝山淳」

みるみる目の前がかすみ、とめどなく涙があふれてきました。そして心の中で大声で叫びました

「分隊士！　勝山中尉！……」

❋「生き神様」との二人旅

そうです。あれは一九四五（昭和二〇）年五月初旬ごろだったでしょうか。

「榊原！　勝山中尉が呼んでいるぞ」

という誰かの言葉が終わらぬうちに、分隊士が兵舎に入ってきました。分隊士というのは、直属の長で、電信分隊の長です。すなわち、ここでは勝山中尉のことです。

ここしばらく分隊士の顔を見かけませんでした。というのは分隊士は出撃が決まり、同じ隊員たちと別棟に、いわば「生き神様」の社《へや》に移り、集中的に訓練していたからです。

私はそのとき追蹤艇の勤務でなく、第二特攻戦隊の各基地間の通信の当直に替っていたからです。そして、あの無口で、沈着で、温和で、賢い分隊士が出撃し、一か月以内に死ななければなりません。その胸のうちを思うと、恐ろしさと、悲しさ、そして気の毒さの入りまじった気持ちを、ずっといだいていたのでした。

「榊原！」

「ハイ！」

私は勝山中尉を見つめました。私の顔は、おそらく悲しそうな表情で迎えたに違いありません。しかし色白の落ち着いた分隊士の顔は、以前と変わっていません。少し肥えたくらいで、言葉少なにいいました。

訓練服姿の勝山淳さん

「休暇が出た。お前行くか？」

「ハイッ」

「ではあす九時、衛兵所前へ来い」

「ハイッ」

いよいよ出撃の日が決まったのです。

そばで先任下士《かし》も聞いていましたが、一応許可をもらいました。先任下士とは自分の直属の直接の長です。やはり感慨深く「ウン」とうなずいただけでした。自分を素通りして一つ上の分隊士が、直接兵に命令するのはおかしいことだ、ということも忘れていたようでした。

翌朝、久し振りに七つボタンの正装で、借りた搭乗靴を履き、衛兵所前に行くと、分隊士は先に来て待っていました。

「行こう!」

分隊士にうながされ、マル四で一五分、時速八〇キロですから早いものです。

マル四とは、ベニヤ板の船に、自動車のエンジンを積んだ特攻兵器のことで、あまり効果はなかったようで、基地では連絡用に使っていました。「震洋《しんよう》」といいました。

運転する一三期の先輩は、乗るときも、降りるときもニコッと「どうぞ、いってらっしゃい」と、ただそれだけで、あとは無言でした。私にとっては赴任以来、初めての徳山防備隊桟橋への上陸です。

みんなは、私の役を大変うらやましがりましたが、私の本当の心は知りません。これからの三日間は「生き神様」と二人だけの行動です。

「どこへ行くのですか?」

私はおそるおそる聞きました。

「空襲で水戸まで帰れないんだ。呉の下宿へ行こう」

後は無口です。勝山中尉は茨城県出身でしたから、最後に両親や兄弟の顔を見たかったに違いありません。

✵中尉が一度だけ部下をなぐった理由

私にとってはやさしい兄貴のようで、心の中では尊敬していましたが、甘えてみたい人でもあったのです。この分隊士が部下をなぐったのを見たのは、ただ一回だけでした。しかもそれは、私に関することからでした。

以前、なぜか一人で夜直に立ったときのことです。朝六時頃「呉通《くれつう》」を一〇通ほど抜かしてしまいました。そうです。居眠りです。受信紙には、よだれのあとばかり。

「呉通」とは、呉の本部の通信隊からの各艦船や基地への、指示や連絡を放送する重要な暗号電波です。私はそのすべてを受信して暗号員に渡し、暗号員はそれをより分け、翻訳して司令室に届けなければならなかったのです。

「しまった！」

だけど私と、となり部屋に暗号係の人が一人いるだけです。ようやく八時に浮田兵長たちが交替に来たので事情を話し、光基地に問い合わせてもらったところ、運悪く大事な着信が一通あったのです。もう二時間も経過しているから責任問題です。

私は兵舎に帰るや否や、牟田兵曹にバッターと鉄拳の雨をくらったのです。私はそのとき満一七歳、小柄で色白、その上童顔、かわいいということと、ミスが目立たなかったので、それまでただの一度もなぐられたことはなかったのです。いいえ大浦崎では、全員が歓送バッターといってたたかれたことはあります。

早朝からの騒動に、となりの一三期の搭乗員たちが、「一四期が普電信の下士にいじめられている」と、ドカドカっとなだれ込んできてくれましたが、私が電報を抜かしたということを知ると、スゴスゴ引き返してしまいました。

その後のひどかったこと。逆立ちをやらされて、バッターでたたかれたことまでは覚えていますが、睡魔がおそい、頭はモーローとなっていました。私はいつの間にか片隅で毛布にくるまって、二時頃まで寝ていたようです。起きると私の食事だけがぽつんと残されていました。みんなそれぞれの部署についていて、部屋には誰もいません。

尻の痛みをこらえて、冷たいみそ汁を一口ふくんだときの、あのしみようは何と言えばよいのでしょうか、口の中は傷だらけでした。そこへ同期の三好が来て「当直に立つものは、防空壕掘りはなくなった」と告げました。

それを聞いて私は「俺は駆け引きに使われたな」と思いました。着信を抜かしたらこんなことではすまない筈だ。そういえば大浦崎でくらったバッター三本の痛みより、今日の痛みは騒動のわりには軽いし、手加減をしていたようでした。

「お前の当直表を、分隊士（勝山中尉）がただちに調べたよ」と、三好は言いました。そうです、寝る時間に壕掘りをやらされ、私は四八時間、一睡もしていなかったのです。当直分担は、先任下士が一等下士と相談して作るのです。分隊士はすばやく処置したのです。それ以降、私たちはいっさいの壕掘りから開放されたのでした。

その夜、二二歳の分隊士が、四十路の先任下士を思いっきりなぐりました。しかし、ただの一発でした。そして、懇々と説諭しているのです、私たちのすぐそばで。みんなは、分隊士の処置の仕方に心から敬服したものでした。

もし、軍人になっていなかったら…

こんなことを思い出しながら、無言で歩いているうちに徳山駅の改札に来ました。ただ証明書を見せるだけで、改札はフリーパス。分隊士は自分のカバンを大事そうに提げていますが、私は雑嚢《ざつのう》だけの手ぶらです。

車上の人となって、町の人たちと向かい合わせになると、少しくつろいだ気分になりました。分隊士も同じなのでしょう、少しずつ話してくれました。

水戸中学から海軍兵学校に入ったこと、英語や数学、理科が好きだったこと、そして母親にもう一度会いたかったと、車窓に目をそらしながらつぶやくようにいったことが、本当に私の胸に迫りました。そして「私は軍人なんだから」と、自分に言いきかせるように重く、ゆっくりと、吐くように言いました。

死ということに対しての恐れ、また生きたいという本能を、どう自分に言いきかせているのか?

私は横に座っていて、息詰まる思いでした。私の思いは駆け巡ります。

以前にも、出撃することの決まった人のいる棟から、バタバタと軍刀を掲げて、一三期生が一人で裏の山へ駆け上がって行きました。しばらくすると悲鳴とも、怒号ともとれるわめき声とともに、バッサ、バッサ、バッサと、樹木のなぎ倒される音が続きます。彼の顔は涙でグシャグシャになっているのではないかと思うのです。

でも、誰もが見て見ぬふりをするのです。こんな風景をときどき見かけたのです。

ここは徳山沖の大津島です。地続きの馬島《うましま》に少しの人家と、岬を西に回ったところにわずかの人家があり、周防灘《すおう》に面して人家はなく、崖が海に落ち込み、馬島と大津島の接続部の少しばかりの平地に、わが基地と工廠がありました。従って彼らの気持ちのはけ口は訓練と、この裏山だけなのです。

私は横に座っている、色白の勝山中尉の横顔をチラッと見ました。落ち着いたその横顔は、もし軍人でなければ立派な科学者か医者にでもなっているだろうと思うのでした。なぜ、このようなかしこい、沈着な思いやりのある人が、このようなことで出撃して死ななければならないのだ？　どうしてだ？　なぜなんだ？

私は、自分で自分の気持ちが高ぶってくるのを覚えるのでした。

行かなければならないのなら、あの地獄坂の途中にあるあの司令室前で、いつも威張り散らかし、「走り方が悪い」とか「たるんどる」とか難癖をつけ、走り直させたり、鉄拳をふりまわすニクラシイやつが先に出撃すればいいのにとも思うのです。いや、彼らだって命は惜しいし、死ぬのは怖いのだ。だから上の人にゴマをすって、自分の出撃を少しでも伸ばしてもらおうとしているのか、また空いばりして自分をごまかしているのだと思ったりしたものでした。

出撃する数は予科練一三期三〇人に対し、予備学生出身は九人くらいの割合で、海兵や機関学校出身で出撃するのは、私が赴任してからは、この勝山中尉が初めてです。こんないい人が、なぜ死ななければならないのだ？　このままどこかへ消えてしまえないのだろうか？

いや、練習生時代に、家恋しさに他の分隊員が脱走し、半日もしないうちに連れ戻され、営倉へ入れられたことを知っていたし、まさか中尉はそんなことを考えているはずはない、と自問自答するのでした。恐ろしいことを考えている自分にはっと気がつき、あらためて周りを見渡したのでした。しかし、見張りらしき者はまったく見当たりません。

私の気配に中尉はこちらを向き、うなずくのです。私の心のうちを見透かして、「もう何も言うな！」と言っているように、受け取れるのでした。

乗客の声も途絶え、ただレールの上を走るコトンコトンという車の音だけがリズミカルにひびきます。

❁懐かしい呉の下宿

私たちは呉の駅に降り立ちました。今日は雲一つない快晴です。やはり呉駅は軍港の駅です。一種軍装の兵、下士官、士官が構内にも構外にも、また街にも沢山すれちがいます。みんな忙しそうに歩いています。すれちがうごとに敬礼したりされたり、手の上げ下げが大変です。

大通りを過ぎ、幾筋かの辻を回ると中尉は、土間に磁器や陶器や洗面器やタイルなどが並べてある店の前でちょっと立ち止まり、しばらく家の周りを眺めてから、つかつかっと入っていきました。

「ただいま」

中尉は明るい声で挨拶をしました。奥からエプロンがけの優しそうな中年の女性が出てきて、予期していたように、「お待ちしていたのよ、暑かったでしょう」

中尉はくつろいだ声で、「はあ、少しばかり汗ばみました」と、親しそうに対応していました。そういえば私たちは大分汗をかいていました。

婦人は「どうぞ、お上がりください」と招じ入れました。

私たちは二階へと階段を上がりました。途中、婦人は私に「可愛い予科練さんね、いくつ」と、声をかけます。

「はい、一八歳です」と。

上に上がると、中尉は正座して、「ご無沙汰していました……」と、きっちりした形どおりの挨拶をしました。

そして、じっとその婦人の目を懐かしそうに見つめています。婦人はまぶしそうに視線をそらし、「座布団をどうぞ」とすすめながら、「いよいよ決まったのね。この予科練さんも行くの？」

「いいえ、私はまだ行きません。私は通信をやっているのです」と応えて、ハッとしました。この婦人にこんなことを言ってよかったのかどうか？　いつも防諜《ぼうちょう》とか極秘とかいわれているのに、ついつられて言ってしまいました。

そう思って反省の目で中尉を見ると、「うん、うん」というようにうなずいて、「かまわないよ」というような素振りを見せてくれました。

「そうよねえ、こんな小さな人まで行くことはないよね」

婦人が言いました。私も中尉も黙っていました。一三期の搭乗員は、私より一歳か二歳年上であるにすぎないのです。

そこへ、二〇歳位の娘さんが、コップに注いだサイダーをお盆に載せて上がってきました。何か、部屋の中がパッと明るくなりました。

娘さんは「お帰りなさい」と、はにかみながら少しほおを赤らめました。

中尉の顔にも、うれしそうな表情と、赤味のさしたほおになりました。

娘さんはコップを置くと、半分婦人の背中に隠れるように座りました。そして、凛々《りり》しい中尉の方をチラチラと見るのです。婦人はどぎまぎしながら、娘に言いました。

「早く食事の用意をしなさい」と。娘は、何か話したいような素振りを見せながら下りていきました。

「どうぞお楽に、服を脱がれたら」

「じゃ、そうさせていただきます」

中尉は上着を脱ぎ、身軽になりました。私もいっしょに脱ぎながら雑嚢の方を見ました。中尉はそれを気にしていたのか、「おばさん、すみませんが弁当がらを洗っておいてくれませんか」と、たのみました。

私は雑嚢から、車中で食べた柳の弁当がらを二つ取り出し、おばさんの前に置くと、「はい、洗っておきましょう。ごゆっくり。お風呂が沸いたら、いうわね」と席を立っていきました。

私は、このときの空気が、何かぎこちないような不自然さを感じました。

中尉が普通のように振舞っても、婦人も娘も、何か気持ちを抑えよう抑えようとしているようなのです。しかし、出来るだけ誠心誠意つくしてあげようとされているその気持ちは、痛いほど感じるのですが、かえってそれがぎこちないのです。

私はおそるおそる「このお家はどういうお家なのですか」と、聞きました。

すると、中尉は「この家は、私が大津島へ派遣されるまで下宿していて、いつも家族のようにしてくださっていたのだ」と言いました。ご主人は海軍へ出入りの水道工事などの請負をしておられて、出張されていてお目にかかれませんでしたし、娘さんもそれからは見かけませんでした。仕事が忙しいということでした。

娘さんはなかなかほがらかで、母親似のやさしい娘さんであると、中尉は畳に腹ばいになりながら話してくれました。

❁心づくしの食卓

「静かだなあ」と、中尉が言いました。

そういえば、周りはいたって静かです。基地の張りつめた空気、怒号や命令や報告の怒鳴るような声も、いつも駆け足で走りまわされる隊内の足音もなく、何もかも別世界のようで、少しがらんとした感じなのです。また、私たちが滞在中、人が訪れた気配もありませんでした。何とも静かです。

私たちはしばらく、うとうとしました。ふと目を覚ますと、中尉は窓の外をじっと眺めています。太陽は西に傾きかけていました。

私の気配に、「風呂が沸いたそうだ」と言われましたので、「流しましょう」と言うと、「そんなことせんでもいいよ」と。

私は中尉に何もしてあげられないことを情けなく思いました。

中尉が湯から上がってこられたので、私は「いただきます」と、声をかけて湯に入りました。タイル張りの浴室、タイル張りの浴槽。蒸気で沸かした広いセメントの浴槽にならされた私には、「ああ、シャバはいいなあ」と、軍隊生活と比べて気持ちのなごむのをおぼえるのでした。

「何もないのですが、どうぞ」

婦人は、心づくしの夕食を進めてくれました。中尉はアルコールに弱いのか、コップに二杯ほどのビールで桜色になりました。白い肌が美しく映えています。未成年の私も、コップに二杯ほどいただきました。

話が空襲のことに移りましたが、中尉の家族のこと、現在の中尉のことなどには、婦人はいっさい触れようとはしません。また中尉もそのことにはいっさい触れません。ただご主人や娘さんが、夜を日についで忙しく働いているということだけを、話題にされるのです。

お互いが何もかもわかった上でのことなのでしょうか。また私はこの食卓の上に載っている料理が、どのように都合されたのか、というようなことはわかりませんでした。ただただ心のこもった家庭料理をしみじみと味わいました。

基地ではいつも白米で、肉や魚は常に食べ、酒や甘いものも配給でしたがありましたので、ただ基地と異なる家庭料理ということでしか、とらえていませんでした。

婦人のお給仕で、私たちは食事を終えました。この夜は灯火管制もなく、はやばやと床につきました。思い返すと滞在中、新聞も目にしていませんでした。その頃、物資不足で新聞もなかったのでしょうか？　そんなことはないはずです。近所からのラジオの声も聞こえてきません。その頃は、すべてが海軍の指示伝達によって仕組まれていたのではないかと思うのです。

❋押し殺してもあふれ出る悲しみ

翌朝、中尉は呉鎮守府《ちんじゅふ》へ行くといってカバンを持って出て行きました。帰りは夕方五時頃になるとのこと、私は宿に残されました。

何もすることがないので、中尉のハンカチ、肌着、靴下、そして自分のも洗おうと思って、「おばさん、洗濯をしたいのですが、お風呂を貸してください」と言うと、「いいのよ、私がするから」と、洗濯物をとり上げてしまいました。

手持ち無沙汰でしたので下に降り、久し振りにご主人の下駄をお借りして店の中を歩きながら、冷たい洗面器や便器をなでまわしていると、いろんなことが頭に浮かんでくるのです。いいのがあるな、これはどこに使うのだろうか。艦に使うのだろうか、兵舎にだろうか、いやわれわれの所にはこんなにいいものは使ってないから、おそらく将校用だろうな、などと思い巡らせていました。

外は今日も快晴、ガラス戸越しに見ると、まぶしいほどの光が向かいの窓ガラスから反射して、この店先まで入っています。ははあー、このお店は北向きだったのだなと思ったのでした。

店に続いている風呂場で、ジャブジャブという婦人の洗濯の音が途切れ途切れになり、押し殺したような嗚咽《おえつ》がかすかに聞こえてきます。私ははっとして、あわてて音を立てないように二階へ駆け上がりました。私は、聞いてはならぬものを聞いたので、わなわなと震えるようでした。

みんな知っているのだ、知っているのだ。

知っているだけに、今まであんなぎこちない振る舞いをしておられたのだな。本当は何もいわなくてもいい、黙って中尉の手を固く握って泣きたかったに違いない。どこにももっていけない悲しみをぐっとこらえてきた婦人が、中尉の肌着を洗いながら、感極まったのだろう。私の小さな胸は、キリで刺されたようになりました。そしてまた私の胸を締め付けるのです。

なぜ！　なぜ死ななければならないのだ。

幼い私の頭にも、どこへぶっつけていいのかわからない憤りと、悲しみの交錯した感情で張り裂けるようでした。

「忠」だ、「孝」だ、「天皇」だ、などなどという漢字が、何の脈絡もなく流れ去っていくだけでした。そして、ただ呆然としていたのでした。

✵予科練を志願した私の理由

昼食時、婦人は私に給仕をしてくれながら、差し向かいでいろいろと話をしました。はじめは先ほどのこともあり、婦人をまともに見ることが出来ませんでしたが、慣れるにしたがって徐々に言葉が出るようになりました。

「どこで生まれたの」とか「私の家族のこと」や「なぜ予科練（海軍飛行予科練習生）を志願したのか」等々聞かれるのでした。

私は、次のようなことを言ったように覚えています。

私を可愛がってくれた義理の母のことを細かく話しました。小学三年から六年の一一月までの短い間でしたが、本当のわが子のように、いやわが子以上に身の回りや勉強のことまで、時にはきびしく、時にはやさしく。小柄で色白で、ぽっちゃり型の美人であったことなど。その母は、成績も順調に伸びてきた私の将来に期待していたが、ガンで死んだのでした。

中学に入りましたが、私は糸が切れた凧《たこ》のように遊びまわり、試験の日でも遊びほうけていましたから、一年の一学期には後ろから数えて数番目というひどさでした。びっくりした父が、知り合いに頼み、教えてもらったら、二学期にはウーンと上がって、進歩賞をもらったこと。しかし、またまた切れた凧になり、成績は中の下をうろうろ。家の中も温かみがなく、母のいない寂しさを魚つりで過ごしたこと。友だちが予科練へ行こうと誘ったから、ついふらふらっと志願したこと。

「考え直せ」という父の説得に、「そんなことといったら非国民やぜ」と反発して、泣く泣く承知させたことなどをかいつまんで話し、私の父は教員で、家族は義理の母の母がいるだけだと話しました。

婦人の話は、身内のだれだれが予科練で、美保関で練習生をしていることや、その両親がどのように思っているか等々でした。しかし、現在の戦局や、私たちの基地での訓練の様子などはいっさい聞こうとしません。また勝山中尉のことや、ご自分の娘さんのことにもいっさい触れようとしませんでした。意識的に回避しているのがよくわかりました。ただ、ご主人が海軍に出入りしているので、戦況についてはほぼご承知だったのではないかという気がしたものでした。

私は、一九四四（昭和一九）年入隊以来、分隊単位の団体としての外出しか経験がなく、個人的な外出をしたのはこれが初めてだったのです。だからシャバのことは何一つ知らず、戦況についても、不利な戦いをしているという、おぼろげなことしか知らされていませんでした。まったく檻の中にいるのと同じなのですから。

❁赤いちりめんの座布団

私はその日、一歩も外へ出ませんでした。日中をどうしてすごしたか覚えていないのです。

その夜、食事のすんだ後、婦人が、「これは娘が縫ったものですが」と言って、中尉に赤いちりめんで縫いあげた、細長い座布団を差し出しました。ふんわりと縫いあがったばかりのそれは、白熱灯に照らし出されて、華やかで、またあでやかでもありました。

「ありがとうございます」と、中尉は深々と頭を下げました。

「明日昼すぎ、帰りに寄りますから、それまで預かっておいてください」

「いいですよ」と、婦人は答えました。

その夜、あでやかなその座布団は、中尉の枕もとに置かれて床につきました。

そうです。これは「回天」の座席に敷くための座布団です。中尉の命とともに消える座布団なのです。それは、背もたれから腰を下ろすところまでの巾が約三五センチ、長さ八〇センチもの細長い座布団で、足は投げ出しているのです。

まっ黒な鉄の固まり、人間魚雷「回天」の窮屈な操縦席の中には、少しばかりの計器やスイッチ、小さな縦舵機、そして目の前の特眼鏡、それらを照らし出す、明るくない電球があります。それはまったく殺風景な「鉄の棺桶」です。

もともと、大型魚雷を改造し、中央に操縦席を取り付け、人間が操縦できるようにしただけであって、まったくの魚雷です。したがって、ほとんどが酸素タンクであり、燃料タンクと通常の圧縮空気タンクで、後部は燃焼室、機械室に推進軸が続き、最後部に二枚のスクリューと、先端部に一・五五トンの爆薬を装備しているのです。

「回天」の下部ハッチは、潜水艦に設けられた交通筒に連結されていて、「回天戦用意！搭乗員乗艇」が発令されると、潜水艦が潜ったままで、搭乗員は「回天」に乗り込みます。「〇号艇発進用意！」で、諸準備操作後、「〇号艇発進用意よし」を報告すると、艦長から攻撃目標の指示があり、「〇号艇用意、発進！」となります。搭乗員は機械を発動、熱走（駆動に成功）を確認すると、「バンドはずせ」が命ぜられ、「回天」を繋ぎ止めていた最終バンドがはずされ、「回天」は発進。艦長の指示通り航走し、最初の浮上後は搭乗員の観測によって突入することになるのです。

私は想像するのです。

もしかしたら、この座布団は、婦人が娘の嫁入りにと取っておいた晴れ着ではなかったのか？　そしてその花婿が、わが分隊士「勝山中尉」ではなかったのではあるまいか？と、思いは巡るのです。

二人の、質素ではあるが、厳粛な結婚式で、真っ暗な中でスポットライトに照らし出された二人は、本当に幸せそうで、一生似合いの夫婦として祝福し続けられるであろうと思うのでした。

❁燃料切れの連合艦隊

翌朝早く、私たちは下宿を出て港に行きました。私は、あまりの光景に息を呑んだのです。

三月一六日、はじめて赴任したとき、同じこの桟橋から眺めた軍港には、戦艦伊勢、日向、榛名、重巡洋艦青葉、航空母艦祥鶴などの巨艦が並び、駆逐艦や潜水艦が何十隻もがその間に散在し、白い病院船もいろどりをそえ、「日本海軍健在なり」と、たいへん意を強くしたものでした。それがどうでしょう！

元の位置にはいるのですが、それらの艦橋には、どれも竹のすだれが下ろされ、甲板には松の木が植えられ、煙も吐いていないのです。まるで島のようにカモフラージュされているではありませんか。

中尉は、私の驚いた顔を見て、「油がないのだ」と、寂しそうに説明してくれました。そう言われて見ると、わが基地・大津島の対岸、徳山燃料廠への油槽船の入港は、三月の赴任以来、一度も見たことがありませんでした。夜間に入ってくるのだろう、だから見かけないのだと思っていたのでした。だが、戦局を考えると油が入らないのは当然です。艦が動かないのも当然です。連合艦隊はここ呉の軍港で、息もできないで座り込んでいるのでした。

私は、不吉な予感を覚えました。負ける。言ってはならない言葉です。考えてもいけないことです。しかし、負けたらどうなる。そんなことが、一瞬私の頭をよぎりました。そして、中尉の後姿をじっと見つめました。

私たちはそのような艦船の中を縫うようにして、ランチで江田島に渡りました。そして、木炭バスに乗り、二、三駅過ぎたあたりで、中尉は次に降りると合図をしました。当時はガソリンがないから、背中に木炭の炉を積んで、発生する一酸化炭素で走ったのです。降りたところは、一面に夏みかんが黄色く実り、まるでお花畑に来たようでした。軍港の反対側で、港はまったく見えませんし、あまり民家もなく、くつろいだやわらいだ気持ちにさせてくれる所でした。

その夏みかん畑の中の細い道を、どんどんと中尉は登って行きます。突き当たりは洋風がかった一軒の農家でした。

「こんにちは！」と、中尉は声をかけました。どうも人気がなさそうなのです。しばらくして中から初老の男性が出てこられました。

「勝山です」

「ああ、ようおいでなされた。どうぞ」

私は、ここが中尉が兵学校生徒の時のクラブであったことを知りました。通された部屋は丘陵のミカン畑に突き出るように建てられ、二方が一番下まで透きガラスの障子で、たいへん明るく、見晴らしもよく、夏みかん畑の向こうに海が広がっているのです。この二〇畳ほどの広い部屋にドカッとあぐらを組んでお茶をすすりながら、初老の男性はゆっくりと広島弁で話すのです。

「ときどき任官された（卒業された）方々が来られますよ。先日も誰々さんがきんさったがの、誰さんが戦死されたちゅうことをゆうとりましたがのー。勝山さんの武運長久《ちょうきゅう》を祈っとりますけえのー」

「はい、ありがとうございます。あなたも達者で、長生きしてください」と、中尉が言いました。

私は黙って聞いていましたが、中尉が私の年頃に、ここで何人かの、いや何十人もの同級生と夢多く語らい、末は艦長か航空隊長か、はたまた海軍大臣かと語り続けたであろうこの部屋へ、最後の別れを告げに来ているのです。

勝山中尉出撃の新聞を見たとき、この初老の男性は初めてそのことを知るに違いありません。いや、こんなきびしい戦局の中で、のんびりとクラブを訪ねることでそれを察しているかもしれません。

❁東郷館に納められた遺髪

しばらくしてそこを辞して、バス通りへ出ました。一〇分くらい歩いたでしょうか、道がカーブして下りになりました。そしてその突き当たりに大きな門が見えました。海軍兵学校です。私たちは挙手の敬礼を受けて門を入りました。

「あれが生徒の宿舎だ。一号、二号（一般には一年生、二年生のこと）のときはよくしごかれたなあ」

中尉は懐かしそうに言いました。

運動場には白い事業服を着た生徒たちが、私の練習生時代と同じように海軍体操をしていました。一糸乱れぬリズミカルな躍動美を展開していました。

校内にはチリ一つなく、芝生がきれいに刈り込まれていました。わが大津島基地のぼろ

兵舎、バラック建てが目に浮かんできました
しばらくして中尉は、私を残して右側の古い建物に入っていきましたが、すぐにもどって来ました。許可をもらいに行ったようでした。

建物を二つ過ぎると右へ曲がりました。そこには石造りの図書館のような立派な建物がありました。階段を昇ったところで、中尉は「お前はここにおれ」と、待つように命じました。

誰もいない、森閑《しんかん》とした建物の中で、中尉の靴の音だけが響いています。のぞいてみると、まん中に階段があり、それを昇っていく中尉の後姿が見えました。

どれほどたったのだろう。私は何か張りつめた気持ちになり、その時間の何と長かったことを感じました。ようやく中尉が出てきました。

その顔は、本当に何といっていいのか表現のしようもない、ひきつったものでした。そして「これが東郷館だ。遺髪が納めてあるんだ」と、力んでいいました。

ものの怪《け》につかれたような中尉の気持ちは、静まりそうにありません。

私はどうしてよいかわからず、中尉の気持ちの高ぶりに同調するように、私も緊張しすぎたので、その後どのようにして兵学校を辞したのか、覚えていません。

戦後、このときの二人の高ぶりは、やはりそれまで受けた教育がここで再び呼び起こさ

れたものであることを知り、教育とはたいへん重大な意味を持つものであることを痛感しました。

✵「あとから来い」と言わなかった中尉

ふと気がつくと、私たちはいつの間にか長いコンクリートの壁のそばを歩いていました。壁の切れ目からのぞいてみると、向こう側に細い桟橋があり、黒い潜水艦が四、五隻係留してありました。水は深そうな青黒い色で、ピチャピチャと音を立てていました。

「潜水艦の基地隊ですね。私は赴任途中、この上で一泊したことがあります」と、中尉に言うと、

「それはそうと、お前はなぜ兵学校を受けなかったんだ」と、中尉はまだ先ほどの余韻さめやらぬという表情で聞くのです。

「年も足りませんし、成績も良くありませんでしたから」

「いやー、そんなことはないよ。お前の成績はたいへん良いよ」

私は思い出しました。中学で習った分子量、原子量の計算がそのまま入隊試験に出ていたことを。そして、めったに買わない「英文毎日」のコロボ島の英国の軍港攻撃の記事が出題されていたことを、そして、練習生時代の今村班長の顔が思い出されるのでした。

「それはまぐれですよ」

「そうか」

中尉はそう言うと、またいつものやさしい、無口な中尉に戻りました。

いったい中尉は、何を考えているのだろう？　私はいぶかりました。

いつも一三期の先輩が出撃する時、私たち一四期にいう言葉は「あとから来いよ！」でした。

私はそれを聞くたびに、ゾーッとし、恐ろしさを押さえるように、大きな声で「はいっ」というのが常でしたから、いま中尉がそれを私にいうのではと、気が気ではありませんでした。しかし、中尉はそれ以上はいいませんでした。また、出撃するまで一度もそのようなことはいいませんでした。

中尉は、ただ黙々と歩いています。私は一歩さがってついていきます。そして歩きながら考えるのです。物資もなく、制海権も、制空権も失った日本、これからどうなるのだろう。負けるかもしれない。負けたらどうなる。

私は何度も自問自答するだけです。私は、自分自身の疑問に何らかの答えを与える力はないのです。そして、この「生き神様」の後に従って、いっしょに歩いていくだけなのです。また私は考えるのです。しかしそれは、しまいには「願い」になってしまうのです。

「死なないで！　死なないでー！」と、一心に心の中で叫ぶのです。

一方、私の心の中の中尉は、「軍人として死を決意した以上、何もいうまい、女々しいことなど何もいうまい」と言うのです。

そして、私に呼びかけるのです。「お前の死ぬ前に戦いは負けるだろう、だから俺のことを伝えてくれるのはお前だよ」と言うのです。

私は、ほとんど口を開くこともなく、ただ黙々と歩くのでした。私たちは下宿に戻り、あの大切な荷物を受け取りました。

❁料亭「松政」

徳山駅に降り立ったのは午後五時頃でした。中尉はいつものように無口です。心の高ぶりも消えて平静です。桟橋へ直行するのかと思うと、中尉は東へ折れたのです。二〇〇メートルほど行った右側の料亭「松政」に入っていきました。

ああ、ここがあれか！

士官や出撃する下士官が、外出する時よく行くと噂に聞いたところへ来たのです。私たちは応接間に通され、冷えたカルピスが出されました。同席した中年のおかみさん風の女性が中尉を促し、中尉は奥へ消えていきました。

その女性は、中尉が戻ってくるまで私の話し相手になり、貴重品のチョコレートや寿司を出してくれ、一三期の、誰々さんはこんなに立派な人だったとか、誰々さんがここで家族と最後の別れの宴をしたとか話してくれました。

そして空襲が激しくなり、帰省も、父母を呼ぶことも出来なくなったわが中尉に対しては、非常に同情し、また今までで一番冷静で、上品で、本当にいい士官だと絶賛するのでした。

私の基地で一番偉い司令は、体は小さいが精悍《せいかん》そのもので、あごひげはふさふさとはやし、出撃の送別会などでは相撲をとったり、また部下をよくなぐったり、たいへん粗野な人でした。

そんな中に中尉がいるのです。また中尉が目をかけていた山本候補生、木下候補生は上品で、教養も深そうに見えました。そして予備学生出身者は、おとなしい人が多かったように思います。

私は、わが分隊士がこの女性から絶賛されて悪い気はしません。私も、ありったけのことばで、中尉を尊敬していることを話しました。

八時の定期便ダイハツといっても上陸用艇ですが、これに乗ったとき、ふと気がつきました。大切な荷物が中尉の手にないのです。けげんな目で中尉を見ると「いいんだ、いいんだ」というようにうなずきました。

　他の隊員たちに対する配慮だなと思いましたし、あそこはいつでも行けるものな、とも思いました。

　五日後、「回天」を積載できるよう改装された潜水艦が入ってきました。艦の大きさは、伊号四〇〇潜水艦は「回天」を六本、伊号二〇〇は四本か五本積めるのです。いよいよ最期の仕上げです。森本兵長や、平井、浮田兵長が追蹤《ついしょう》艇の当番で、私は通信室の当番でしたので、中尉の訓練に参加することはできません。ただただ、事故のないよう祈るだけでした。

❁「回天」の事故

　事故といえば、以前私が追蹤艇の当番のときのことです。「回天」四本を積載した潜水艦が、四隻の追蹤艇を従えています。そしてその目の前で艦は潜ります。一分もかかりません。潜望鏡とアンテナの二本を海面に出して航行しています。

　私たちはそれを追います。緊張の一瞬です。私は音量をいっぱいまでしぼり、神経をレシーバーに集中します。それでも、鼓膜が破れんばかりの音。

「―・・・　―・・・　・――――　・――――」（潜水艦から発射）

私は大声で叫びます。

「一号艇発射」

続いて「二号艇発射」

私たちは二号艇を追います。その日は白金丸が標的でした。無事に訓練が終わって、「回天」は浮上して基地の発射台へ向かってゆっくりと進みます。

追蹤艇では、発音弾を構えながら付き添います。もし障害物があれば、「回天」に危険を知らせるため、海中に投げ込むのです。

目の前に発射台のクレーンが近づいたとき、何を思ったのか「回天」は急速に潜行し始め、とうとう泥の中に頭を突っ込んでしまったのです。応急の水を吐き出す泡が勢いよく海面に上がります。しばらくすると、それまでまっ青だった海底から、まっ黒な泥水が湧き上がります。二、三回これをくり返しましたが、浮上しません。もう水は空でしょう(これを応急駆水といい、平素は「回天」の頭部に水を入れ、事故の時これを吐き出して浮力をつけるのです)。

時間は刻々と過ぎていきます。水深二〇メートルくらいです。窒息死を恐れた艇長が、潜水夫の要請を打つようにと電文をいっているとき、「フワーッ」と、死んだ鯨のように浮き上がってきました。頭に泥をいっぱいくっつけて……。

❁訓練中に絶命した山本候補生

もう一つの事故、それはまだ、訓練時間の短い、一応乗れるという段階から、攻撃訓練に入った最初だったのでしょう。標的は徳山湾を航行する燃料廠の強力な曳き舟だったのです。この曳き舟は自分が標的になっていることなど毛頭知りません。曳き舟は短いので、前か後ろ五〇メートルのところを通過すれば命中ということにしていたようです。

頭の上が急にあわただしくなりました。

何かあったなと思う間もなく、

「電報」

「ハイッ」

「『回天』、曳き舟に衝突沈没、救助を請う。水深四〇メートル、方位……」

「ハイッ」

私は復唱もうわの空、「早く来てくれ、早く来てくれ」と救助艇が来ることを祈りながら、命ぜられるままに何度もキーをたたきました。

一応連絡は取れて、時間だけが過ぎていきます。頭の上のあわただしさも少し落ち着いたところで、ハッチから首を出しました。海面には「ブック、ブック」と、小さな気泡が四〇メートルの海底から上がってきます。

「だめかなー……」と艇長は、観察や発音弾の係で横にいる搭乗員に言います。

「まだ、酸素の時間はありますよ」と言うが、気が気ではありません。

どうやら、徳山港からのクレーン船が豆粒のように見えてきました。船体は大きいのですが、その速度のおそいこと、私の追蹤艇ともう一隻が、波に漂うように浮いているだけです。曳き舟はとっくに追い払われていました。

ようやく、クレーン船が着きました。沈没より三時間もかかっています。潜水夫が潜り、「回天」のフックにワイヤーを通して引き揚げるのです。また一時間たちました。もう絶望的な空気が艇を支配しています。

太陽は西に落ちて、あたりはうす暗くなってきました。日はトップリ暮れて、クレーン船の灯がまぶしく光り出したころ、やっと「回天」は引き揚げられました。

クレーン船のライトに照らし出された「回天」は、特眼鏡が後ろへへし曲がり、ハッチが無残にもめくれあがっています。しかし、人間がはいでるほどの隙間はありません。これではどうしようもなかったでしょう。

ようやく、「回天」から遺体が取り出されました。「あっ、山本候補生だ」

ずぶぬれの搭乗服に包まれたその顔は、抜けるような白さでした。みんなは、ただ呆然と凝視しています。

「電報」

「ハイッ」

私は、また艇にもぐりキーをたたきました。いつの間にか私の頬に涙が流れるのに気がつきました。

彼は、私がはじめて一人で追蹤艇の電信員として乗ったときの、艇長だったのです。その時は、こんな子どもがと思ったのでしょう。「お前やれるのか？」と、不安そうに聞きました。

私は「はい」とは答えずに、「うん」と頷いて見せました。しかし、彼は不安そうで首をかしげていましたが、私の言葉をとがめようとはしませんでした。本当に不安だったのでしょう。

しかし、訓練が終わって船を降りた時「お前、ようやるなあ」と、ほめてくれました。その後は、隊内で会うとニコニコして話しかけ、励ましてくれました。

この人も、勝山中尉がいつも目にかけていた一人でした。

✵帰れるなら帰ってきてほしい

勝山中尉の話に戻りますが、潜水艦の発射の訓練が終わると、いよいよ出撃の送別会があるのです。あいにくその日は、当直に立っていました。いつものように乱痴気《らんちき》騒ぎで散会になったのかとも思います。いや、勝山中尉のことですから、何か違っていたかもしれません、違っていたはずです。

午後一一時、当直から上がったら、すみの食卓に一升瓶とおつまみが置いてありましたので、当直上がりの者で飲みあいました。飲みながらも私は涙をがまんするのが精一杯でした。隣の一三期の部屋も静かです。兵舎の外に出た私は、めったに吸わないタバコ「ほまれ」に火をつけましたが、苦さが口いっぱいに広がるだけです。見上げる空には、星がたくさん輝いていました。

中尉は今、何をしておられるのだろう？　と、兵舎の東端へ出てみました。そこから「生き神様」の社《へや》が眺められるのです。窓にはまだ明かりがついています。私はひそかに念じました。

「どんなことでもいいからもう一度帰ってきてほしい、帰ってきてください」と。

以前にも、出撃した潜水艦が索敵中、飛行機より攻撃を受けて故障し、「回天」を発進させないまま帰島したという話を聞いたことがあります。また、五本の「回天」のうち二本を残して帰ってきたこともありました。そんな時、搭乗員は一度は大津島へ帰ってきますが、すぐまた次の出撃に回されたり、宿毛《すくも》など他基地へ移されたのを覚えています。また、潜水艦ともども敵にやられ、帰らなかった話も聞いていました。事故でもいい、何でもいい、帰れるなら帰ってきてほしいと願うのでした。

❁絶望的戦局の中で出撃

七月一四日午後一時、私は通信室へ当直に降りていきました。三時、兵舎の前庭では出陣式が行われることでしょう。

勝山中尉以下五名は、第二特攻戦隊の指令官や呉鎮守府からの将校の前で、短刀を授けられ、別れの盃を酌み交わします。当直以外の全隊員は、じっとそれを見守ります。そしてランチに乗って、沖に停泊中の潜水艦に向かいます。

基地の全員は、桟橋や防波堤に並んで見送ります。艦についた搭乗員は、「回天」によじ登り、軍刀をかざして別れを告げます。すると潜水艦は静かにゆっくりと前進します。

「帽ふれー」

一斉に帽子が振られ、艦が島影に消えるまで、いつまでも振り続けられます。これがこ

大津島から出撃する伊53潜水艦（全国回天会提供）

の世の別れなのです。私はレシーバーにも神経を配りながら、いつもの出陣風景を思い出していました。

もう一時間もすれば太陽は落ちるでしょう。豊《ぶん》後《ご》水道を出たら、もうそこは戦場です。敵に見つかれば駄目です。めざす敵艦船を捕捉するまで、おそらく潜行の日々が続くのではないかと思うのです。

私は二日後から自分の当直の時、暇な時間を見計らって、誰にも知られないように受信機のダイヤルを廻し始めました。内緒ですからホンの短時間です。それまではこんなことはしたことは一度もなかったのですが、私は敵の放送から、勝山中尉の消息が聞けるかもしれないと思ったからです。

最初聞いたとき、本当かどうか信じられないくらい、戦局は逼迫《ひっぱく》しているのです。もうほとんど海上や空での日本海軍の抵抗はなくなり、日本の沿岸各地で小型船や漁船まで沈められていることがわかりました。

日本に対する空襲が、やすやすと艦載機で出来るらしいのです。

私たちは赴任二〇日ころ、大和《やまと》など一〇隻余の艦が、大津島の南西沖に集結し、残りの油、それも片道だけの油で豊後水道をくだっていくのを、島の頂上から見送りました。

そのとき、暗号員の一人が「私は大和に乗っていたんだ。感無量だね」と言いました。電信分隊の一等兵曹以上の方は、大部分一度は太平洋で泳いだ猛者ばかりで、遠くの艦影で「あれは〇〇級だ」とか、いろいろ説明してくれました。

翌日は、大和などが何千という人命とともに、鹿児島沖に沈められたのでした。

私は、呉の連合艦隊の姿を思い浮かべました。そして、戦争の終結を感ずるのでした。

❋敗戦――勝山中尉は戻らなかった

中尉らの出発八日目頃でしたでしょうか。「勝山中尉は敵の輸送船団を撃沈した」と、聞かされ、他の人からは「駆逐艦を撃沈した」と、聞かされました。

もうこの頃は、潜水艦は「回天」を発射したら身を守るため、その場を去るから、戦果が確認できないという噂が広まっていました。

その直後、呉は大空襲を受け、呉海軍工廠は壊滅し、「回天」の製造や潜水艦の改造もできなくなったのでしょう、出撃はうんと少なくなりました。

対岸の徳山市が、焼夷弾攻撃で全市が灰となり、続いて三日後の海軍燃料廠への爆弾攻撃で、なけなしの油が一週間も燃え続けました。

こうして、壕が急ピッチで掘られる頃、艦載機のグラマンが飛来し、わが基地の機銃が火を吐いたことも二回ほどありました。またB29の落とした機雷で、一千トンくらいの貨物船が、真昼に「ゴーン」という音とともに、一瞬にして目の前から消えたこともありました。

八月に入ると、出撃はほとんどなくなり、搭乗員が他の基地へ移動する姿が見られました。後は本土決戦のみとなりましたが、もう戦う油も飛行機もないのです。それでも隊内は忙しくなりました。「回天」の訓練に使用した艇はすべて武装されることになったのです。しかし、弾丸にしても後が続かないのです。今あるだけです、それもわずかに。目の前の徳山市を見ても、家も工場も何もかも焼きつくされ、破壊しつくされているのですから。

八月六日、午前一〇時頃、「広島に新型爆弾が落とされ、ものすごい破壊力だ」と聞かされました。ちょうど非番で、兵舎の外に出ていましたが、東の方に黄色い雲がたなびいているのが見えるだけでした。頭の上はたいへんよく晴れて、ギラギラとした日差しではありましたが、何となく物静かな朝でした。

八月一五日、午前八時、私はいつものように電信室へ降りて行きました。その日は「呉通（呉鎮守府からの指令）」をとっていました。九時過ぎ、それまでは暗号文だけであったものが、急に平文にかわったのです。急いで平野兵長を手招きし、二人で取り始めました。

それは、敗戦を告げる詔勅文だったのです。一九四五（昭和二〇）年八月一五日、ああ、それは勝山中尉の出撃からわずか一か月足らずであったのです。

IV 私は勝山中尉の後続の「回天」に乗っていた

竹林（旧姓高橋）博

✵出撃休暇をともにして

訓練の毎日が生と死との背中合わせで、隊長以下六名は真剣な訓練に没頭していました。

「出撃休暇を与える」

まったく予期していませんでした。基礎訓練も納得できる成果を無事終え、隊員の士気も極めて旺盛の時、今生最後の休暇が与えられました。

第一陣　　勝山中尉、荒川兵曹と、私・竹林（旧姓高橋）兵曹

・出発日　　五月三一日

・帰隊日　　六月五日（予定）

今生の最後の別れが、交通日も含めてわずか六日です。

当時、本土への空襲ははげしく、主要都市に集中し、極めて憂慮される状況でしたが、午前一〇時頃、徳山駅を発って東京行きの車中の人となりました。

北海道へは、津軽海峡が危険だからと許可されず（樺太、北海道出身の出撃搭乗員は帰省ができませんでした）、札幌出身の私は、最後の別れといっても肉親とは対面できず、東京の親戚に帰省しました。

勝山隊長は茨城に、荒川兵曹は山形に、私は東京まででした。

警戒態勢の列車の走行は、鈍行なみ、神戸近くで大阪空襲を知りました。列車は芦屋駅で停止したままでした。大阪方面の空は黒煙におおわれる惨状でしたが、折よく陸軍憲兵隊のトラックを見つけ、勝山隊長の交渉で高槻方面に走ることになりました。淀川をさかのぼり、やっと高槻駅に着くも、列車の動く見込みなし。

駅前で突然声をかけられ、しばしの休息の場を得ました。助ける神ありとはこのことだろうか。旅装を解き、お邪魔したのは楠井植蔵さん宅。灯火管制の中で歓待を受ける。軍需工場関係の責任者であろうと思っていると、女子挺身隊の方と思われる数名の舞踏・歌など予期せぬもてなしに感激をかみしめました。

やっと夜九時過ぎに列車が運行され、涙の別れをするも、私たちの任務は相手に知らさ

前列左より川尻、勝山、荒川、後列左より坂本、関、竹林（高橋）の各氏
（全国回天会提供）

れず、身につけた飛行靴で察知されたかもしれません。ただ、挙手の礼に力が入ったのです。

京都で東京行きに乗りつぎ、隊長のすすめで二等車に乗るとびっくり、陸軍少将一人。勝山隊長は「心配するな」と言わんばかりの落ち着きぶりでした。

東京駅に着くと、三人で宮城《きゅうじょう》（皇居）前に行き「必中必殺」を誓い、互いの無事帰隊を約して別れました。

✿「回天」戦用意！

「回天」で敵艦を撃沈すべく指名された私たちは、最後の帰省休暇を終えて、晴れ晴れと語り合うも、深き人情を感受するだけでした。しかし、感情の切り替えよろしく、更なる訓練に闘志を燃やしていました。

われわれ伊五三潜水艦で出撃した多聞隊の搭乗員室は、二階の一〇畳間で二段ベッド三組の畳の一室でした。

勝山中尉、関少尉、荒川、川尻、坂本、と私の一等飛行兵曹の同居でした。すなわち士官と下士官の同居であって、同じ目的に向かってひた走る者同士の心のふれあいと、同化を大切に考えたからであろうか。陸軍にも海軍にも、この大津島の「回天」基地以外にはなかったと思います。ただし、食事だけは別でした。

われわれは下士官搭乗員室で食事をしたが、訓練でおそくなっても同期の仲間は配膳保管にと心を配《くば》ってくれました。

搭乗員室には夜間、暇を作っては同期の連中がやってきて、激励に、談笑に時を過ごすのが通例でした。勝山隊長以下、同室のよしみで、出撃を直前にして、互いの家庭のことを話し合いました。私には、故あって母からの手紙はなかったのです。

勝山隊長が「高橋、俺のお袋の手紙だ、遠慮なく読め」と、渡してくれました。

兄を陸軍士官学校へ、弟が海軍兵学校へと、子ども二人を戦いに捧げた母親の切々たるやさしさと愛情に、特攻で散ることも知らずに、お国の為に勲を祈るその筆跡に、私は涙を落とし、そばにいる隊長の横顔がかすんで見えました。

それからしばらくして、勝山隊長が訓練中、岩礁に激突して顔を負傷し、白包帯の痛々しい形相でしたが、夜、防虫網のない部屋の、天井のベニヤ板の無数のハエを見て、コップに石鹸水を入れて「チョットごめん」と、ハエ捕りをされ、私の机の上に立って「敵機撃墜」と笑いながら、殺風景な暑さの中にも扇をあおぎながらの楽しい語らいもありました。

思えば、「回天」基地という特異な条件と雰囲気の中にあって、われら多聞隊の部屋は、上下融合、一心同体となり、崇高なる犠牲的精神の結合した、男同士の交わりでした。よき兄、よき仲間であった同室の四人、勝山隊長、関少尉、川尻、荒川両一等飛行兵曹は、南海の大海原に散華《さんげ》して五八年。部屋の思い出が鮮明に浮かんできます。

三〇日あまりの戦闘航海、必中必殺の本懐をとげるべき仲間として、不覚にも生還し、長いこと負い目を抱き、戦後しばし悶々の日々を過ごしたものです。しかし、「回天」戦没者に対する追悼と供養は、生ある限り、私と家族の人生の生き方の一つの道標として、決して忘れ去ることはできません。そして、慰霊と真相の語り部の使命ありと心に刻み付けているのです。

❋敵艦発見、「回天」発進

思い返すと、勝山中尉が出撃したあの日、私たちの乗った潜水艦伊五三号は単独行動で、「回天」が六基積み込まれ、一号艇から六号艇まで順次出撃が決まっていました。

バシー海峡の東で、七月二四日午後、伊五三潜水艦は敵の輸送船団を発見しました。後ろから追っかける不利な態勢である上、海が荒れていましたが、勝山中尉のたっての願いで、艦長は勝山中尉の一号艇だけ発進させました。相手は七隻の輸送船団で、九隻もの護衛艦がついていました。

艦長の指示で、勝山中尉はまっ先に一号艇にと走り、続いて各艇にそれぞれ次のように乗り込みました、突入を覚悟して。

一号艇　勝山中尉　　二号艇　川尻一等飛行兵曹　　三号艇　荒川一等飛行兵曹
四号艇　高橋　　　　五号艇　坂本一等飛行兵曹　　六号艇　関少尉

「回天」作戦に三度目の大場艦長以下、これまで修羅場をくぐり抜けてきた深海の猛者であり、「回天」発進に全員の集中した連携は当然とはいえ、沈着冷静であり、緊迫した中に一心同体の連帯感を強く感じました。

一四時ころ、敵の船団発見の報が出され、高温多湿の艦内に一瞬に緊張が走りました。

「一号艇発進」

艦長の指示が、私の電話機にも伝わってきました。

「発進用意よし」

勝山中尉の一号艇のスクリューの回転音が聞こえてきました。

熱走。駆動に成功したのです。

真後ろに待機していた四号艇の私の特眼鏡は、勝山艇の吐き出す蒸気で目の前がまっ白になりました。最初だけエンジンの排気であたりがまっ白になりますが、後に航跡は残りません。

瞬時にして、深度一〇メートルの後ろ甲板に、主なき架台（「回天」を潜水艦へしばりつけるとともに、ここを通って乗り込む通路）が、海面よりの明るさで確認されました。

今生との最後の別れ、瞬時の状況のこの変化を、私は言い表すことが出来ません。ただ、「命中を祈る」思いで、次々出るであろう艦長の命令を待ちました。

しかし、後続の「回天」発進は、艦長の判断で中止となりました。

潜水艦内に降りた私たちは、しばし一号艇（勝山艇）の攻撃の戦果を祈りつつ、時間の経過を待ちました。

「ゴーン」

胸の奥底を刺すような爆発音が聞こえてきました。それは、聞こえるというより、体に感じるひびきです。

「成功だ」

艦長は、潜望鏡で煙の上がるのを確認し、「油槽船撃沈」と伝えてきました。

しかし、これは油槽船ではなく、駆逐艦であったことがあとで判明しました。

アメリカの戦史には、「その護衛部隊の指揮者であった駆逐艦アンダーヒルの艦長は、潜望鏡を発見して爆雷攻撃を行い、油が浮かび上がったのを見て『日本の潜水艦撃沈』と無線電話で放送したとたん、もう一本の潜望鏡を発見し『衝突用意』の号令をした直後に大爆発が起り、破片と海水が空高くまで吹き上げられ、滝のように落下した。艦体は前部が真二つに割れ、艦長以下一一二人が命を落とした」とあるのです。

こうした喜びの反面、勝山隊長の肉弾玉と砕けて昇天する尊さとともに、隊長の凛々《りり》しい姿が思い浮かんでくるのでした。

「ドーン、ドーン」

そのとき、胸の底に響く爆発音がしました。敵からの数十発の爆雷攻撃です。

しかし、歴戦の乗組員は冷静でした。

「至近弾なし」

自信たっぷりでしたが、初めての体験である私たちは心配でした。

こうして、この作戦は「死をもって祖国を守る」という愛国の情熱によって、一応の成果を上げることができたのでした。

このように、深海の勇者である潜水艦の乗組員の行動すべてが、「回天」搭乗員とは血肉を分けた仲であるがごとく、特攻戦における勇戦敢闘は万感胸に迫るのでした。

その後の戦闘で二、三、六号艇の仲間はそれぞれ突入して「成果」を収められましたが、私の乗る四号艇と五号艇は、機械故障のために発進することが出来ないで、敗戦を迎えたのでした。

こうして不覚にも生還し、長いこと負い目を抱き、戦後しばし悶々の日々を過ごしたものです。されど、「回天」戦没者に対する追悼と供養は、生きている限り、私と私の家族の人生の生き方の一つの道標として、決して忘れ去ることはできません。そして、慰霊と真相の語り部の使命ありと心して過ごしているこのごろです。

聞けば、アメリカの駆逐艦アンダーヒルを撃沈した勝山隊長と、撃沈された米国の遺族との、温故知新というのでしょうか、戦後五五年を過ぎて、相互の遺族の親交と慰霊の機会が得られたこと、夢想もしなかった和解の実現を、世界戦史の中で貴重な真実を確認しあい、相互理解を得て平和の道への警鐘として受け止めたいと思います。

✵私は座布団をもらった

私たちの隊長である勝山中尉がいただいた、呉第一高等女学校の少女たちの真心こめた血書の寄せ書きのことは、当時はまったく知る由もありませんでした。

また私が出撃する時、操縦席に敷く花模様の綺麗な座布団、手製のマスコットにお便りも添えられた、心情の一念の贈り物を、呉第一高女のMさんからいただき、昭和五六年に消息がわかり、本懐を遂げることが出来ず、お詫びを申し上げた経緯がございます。

このように「回天」と知って、死を目的とする兵器との関わりは、「無事突入」男児の本懐を祈っての作業であった思います。

そのときいただいたMさんの文中に、「いま思えば、女子として生まれたことが恨めしくなります。でも振り返ってみれば、ハンマー、ヤスリを持って、直接お国のお役にたっているのだと、勇気百倍、男に負けてたまるかと、一心に働いています。力の限り生産にまい進します。……では最後に、お兄さんの武運をお祈りして筆をとどめます」とありました。

呉海軍工廠でも光工廠においても、女子動員学徒が「回天」の生産に懸命に尽力されたことは、戦後詳しく知ることが出来ました。このように、「回天」と動員学徒との関係は直接といえるほど、特殊な実情を承知してのことであり、青春時代の苦悩と心情に、ご苦労でしたと申し上げたい気持ちです。

あれから五七年をへたいま、生きながらえた私には、散華《さんげ》された戦没者とご遺族に対してご加護くだされますよう、そして平和日本をご照覧くださいと祈念し、その霊に回向《えこう》の日々は、家族とともに終生つづけてまいります。

先に、大津島「回天」の聖地で、勝山隊長の弟さんと初対面の出会いとなりました。血のつながりでしょうか、あの青春のままの隊長を思わせるほど、顔立ちとお声が似ておられてびっくりしました。

大津島の土を踏み、島の宿舎での一夜の夢の間も、隊長と寝食をともにした勇姿が重なり合ってしばし眠れず、感情の高ぶりをおぼえました。

V 伝わりくる思い出、回想はわびしく

山口泰子

❋学徒動員で作った「回天」の部品

戦争中、総動員法が発令されてから、全国の中学生・女学生は、学業をなげうって工場へ、または校内工場へと通い、兵隊に出て行った工員に代わって、軍事作業に励んでいました。

私たち女学生は、上着は制服、下はモンペといって古着をほどいて作ったズボン、学校のシンボルであるネクタイもはずして、防空ズキンと救急袋を肩にかけ、頭には海軍の錨《いかり》のマークを縫いつけたハチマキをしめ、毎日毎日戦争のために必要な部品作りでした。

私のクラスは呉の海軍工廠《こうしょう》水雷部・縦舵機《じゅうだき》の係へ配置され、指導を受けながらベアリ

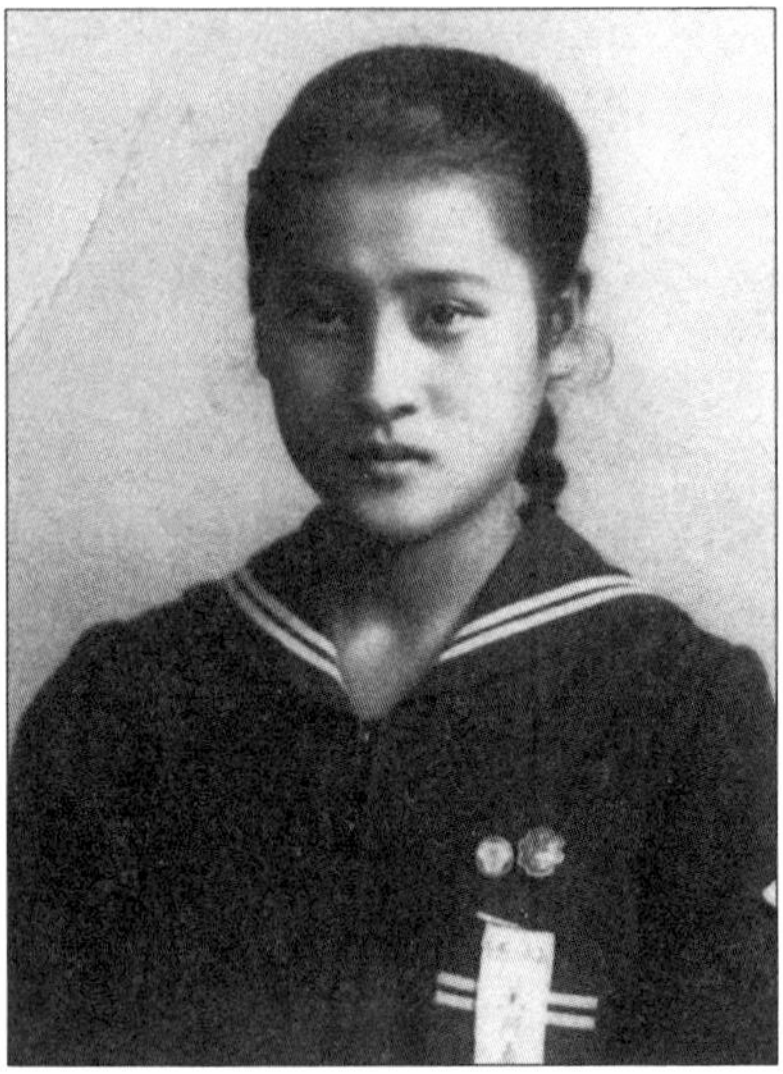

女学生時代の山口（旧姓黒川）さん

ング選別のくり返し、すべてが秘密裏にすすめられていましたが、これが人間魚雷「回天」の部品であることは知っていました。

だから、正確に、正確に、一つでも多く、少しでも早くと、生真面目な作業の連続でした。後で思い返してみると、こと「回天」に関する限りは、正確であることは、兵器の性能をより完璧なものにし、それを操縦する搭乗員の死を、より確実にすることでした。

初めのころは、「勝った、勝った、また勝った」の報道に、国民は喜びに酔っていた空気も、だんだんとその発表の怪しさに気づきはじめ、言葉も少なく空しい思いで働いていたことを思い出します。

✵わが家を「下宿」のようにして…

呉に住んでいた私の家では、一九四三（昭和一八）年ころから、江田島《えたじま》の海軍兵学校を卒業し、駆逐艦や潜水艦などに配属が決まった人たちの、上陸時の受け入れを引き受けることになり、数名の方が仲間といっしょによくみえるようになりました。これを「下宿」といっていました。

当時は、すでに物資は不足がちでしたが、料理好きな母はよく工面しては、さまざまなものを整えていました。

時節柄、「士官さんたちはそれぞれが国のためにご苦労されているのだから、直接戦争にかかわらない自分たちはこれくらいのことで役立つなら光栄なことである」という気持ちで、喜んでお世話し、せっかくの休日をしっかりとくつろいでいただけるよう、心遣いをしていました。女学生の私は、動員から帰ると台所と客間の間を、料理運びに往復したものです。

そのようなお世話を始めた次の年だったでしょうか、前から来ていた人の後輩としてみえたのが、茨城県出身の勝山淳さんでした。

上陸された日は、わが家で家庭料理を食べて一泊し、母といろいろと話し合っておられました。そのうち、その人が「回天」の搭乗員であったことがわかったのでした。

だんだん上陸される日が少なくなり、訓練のために呉を離れられたのです。それが人間魚雷「回天」の発射訓練場である、徳山沖の大津島であったことを知ったのは戦後でした。

国難を救うために一命を賭けることを決意された心情を語られることもなく、どんなにつらい日々であったことかと推測するだけでした。

今考えると、あの時は後々のことを託する部下を連れて挨拶にこられたのだなと、思い浮かぶことがあるのです。実家へも「これが最後だ」という言葉を残して、兄弟姉妹一人ひとりに別れを告げられたと聞きます。

戦争末期には、人間魚雷「回天」、特殊潜航艇、空の神風特攻隊など若い兵士たちが、わが身を弾丸にかえて敵に突っ込み、国を守ろうとしたのです。

❁血書のハチマキを作った五名の級友

動員中、級友五名に配置移動があり、そこがマル六と称して、「回天」の最終調整をマル秘ですすめるところでした。

人間魚雷に命を託して敵艦に激突しようとする「回天」搭乗員の気迫に心打たれ、それに応えようと、五人が集まって小指を切り、したたり落ちる血で日の丸を書き、寄せ書きを添えた血書のハチマキを作り、搭乗員にしめていただくようにと、指導員に仲立ちを頼んだということが、後の大林和子さんの記述にあります。

彼女と私は親しい仲でした。彼女は戦後教職に就き、生徒たちに接してきたけど、このことは在職中には話をしたこともなく、退職して初めて語り始めたということです。そのようにまで当時の青年男女を、天皇のため、国のためにと一途に生きることを強要された現実をふりかえり、記録し、他の方々との手記を『新世紀に語り継ぐ戦争』という一冊の本に残されたのです。

戦後間もなく、母は私を連れて、水戸市の郊外にある勝山淳さんの墓参にまいりました。ご両親はじめ多くの兄弟姉妹が、遠路訪ねた私たちを丁寧に迎えてくださいました。子をもつ親として、母は当時の勝山さんのことなどを、つぶさにお伝えしないと気がすまなかったのでしょう。

お墓参りまでしたのに、その後は双方とも無音に打ち過ぎ、わが家は呉空襲で丸焼け、広島原爆にもあい、島のほうへ避難療養などなど、敗戦後の生活立て直しに親子で苦労し、気になりながらも、両親が相次いで亡くなると、糸口がみつからぬまま途切れてしまっていたのです。

✵勝山さんの遺品の中にあった写真と再会

ところが、二年前のことです、前述の大林和子さんの記事に目がとまった勝山家末弟の忠男さんが、大林さんを通じて私を探してくださり、やっと東京に住んでいる私の現住所がわかることとなり、忠男さんから「戦中亡兄がお世話になった家族の方にお礼をいいたい、是非お会いしたい、東京在住でしたら是非」ということで、二〇〇二年一〇月、「偲ぶ会」をもち、会食しながら話し合ったのです。

そのとき妹さんから、遺品のアルバムの中に、私の女学生姿のポートレートがあったこと、家族全員、また兄弟とのものが何枚かあったことを教えられ、びっくりしました。おそらく母に頼んで持って行かれたのでしょう。

ご家族では、遺品の整理をなさりながら、この一枚は、淳さんにとっては思い入れの深い一人であったのでは、お墓参りにも来てくださったことだし……と。

私自身は空襲で丸焼けになっているので、戦前の写真など一枚もなく、これを聞かれた妹さんがさっそくコピーを送ってくださったのです。

若き日に、心の中を明かすことが出来ないで、母に頼んで荷物の中に入れておられたのであろう私の幼い乙女姿。眺めていると、何と人間として自然に湧いてくる感情すら表すことができず、押さえに抑えて、ただひたすら国のため、身を賭すことのみ強いられた当時の状況を思い、むらむらと怒りのようなものが起こってくるのでした。

そして、優秀な青年たちを数多く失い、それを悲しんでも悲しみきれない家族、あるいは若い未亡人などのことを思うと、国は二度とこのような悲劇を起こさないように、為政者のあり方を問いたいし、国民一人ひとりも、日本だけでなく、世界の情勢にも、うとくてはいけない、鋭く賢明に生きなければ……とつくづく思い、半世紀以上たっても苦々しさに、胸のふさがる思いです。

✹血書をした五名の写真に私が入っていた理由

この想い出を書いてしばらくして、この本の編集をされている「新世紀に戦争を語り継ぐ会」の児玉さんから、本書Ⅲ章の榊原さんの手記を送っていただきました。

榊原さんが、勝山さんの出撃をひかえた最後の休暇に誘われ、三日間を共に過ごされたことを詳細にしたためられていることに敬服するとともに、自分の最期を遺族や友人に正しく伝えてほしいと、その願いを榊原さんに託された、勝山淳さんの気持ちまでも実に細かく描かれていることにびっくりするのです。

「おい、行くか」

「はい」

すでにこのとき、二人の心は完全につながりあっていたのですね。

本当に実家に帰ったようにくつろいでいただけたわが家での様子、本人の始終軍人としての毅然とした態度、それを思うと余計に心情を察して、心を痛める榊原氏。それを、実に克明に描写されていることに驚くのです。

ところどころに私のことも出てきますが、当時一六歳になったばかりの女学生、昼間は学徒動員として海軍工廠で「回天」の部品を作り、帰宅後に母の手伝いをしていたようなことで、主体的に対応したのではなかったからか、あるいはあまりにも小娘であったからだろうか、ほとんど記憶にないのです。まして勝山淳さんの気持ちをはかり知ることもありませんでした。

でも、榊原さんの観察と、そこに書かれていることを通じて、その時の母のあり方が察せられ、〝母の胸のうちはそうだったのだろうか？〟と、その当時のことを察することが出来るのです。

榊原さんのこの手記は、勝山さんが隊長として、部下の先陣を切って敵艦に突入した心情と、口には出せないが、今日を今生の最後の別れと思って、風呂場で涙を流しながら洗濯をしている母の気持ちまでも、的確に書き表しているように思うのです。これが「特攻」だったのですね。後を託すことの出来る榊原さんを選ばれた、勝山さんにも感嘆するのです。

父は、海軍用達《ようたし》の電気工事請負業をしていたので、かなり広範囲に受注があり、出張が多かったのです。だから、海兵出身の士官さんたちのお世話はほとんど母が、子を持つ親の心情として精いっぱいにしていたように思います。

遺品の中にあったという、血書をした人たちの写真の中に私が入っているのにはわけがあるのです。

遺族の方たちは、この写真に私が写っていることにびっくりされ、私だけの写真もあったので、「あるいは?」と、思われたようですが、当時は写真屋では写してもらえなかったのです。そこで、日の丸の血書をした五名は記念写真を撮りたいとのことで、私の家の懇意な写真屋さんに私が頼み、指導員と私も写った写真なのです。私はまだ一六歳、青春の情熱を「回天」作りにかけていたのですから。

しかし、勝山さん自身がどうだったのかは、知る由もありません。

この五名はマル六の縦舵機専属でした。正確に、正確にと忠実に作業をこなし、成功を祈り続けたことは、すなわち死を祈り続けたことだと後で気がついたのでした。

せめて私たちが生きているうちに記せてよかったなあと思います、在りし日を思い出しながら。

VI 血染めのハチマキはこうして見つかった

小野 正実

✵伯父は「回天」搭乗員だった

「兄は人間魚雷で戦死した」……この言葉は三十年以上前に、私の母・文江から聞いた言葉である。当時は小学校高学年ともなれば、戦中戦後を過ごした親たちの体験話から、過去に日本と米国との間に戦争があった事実は知らされていたが、その悲惨な出来事までは知る由もなかった。

母の実家は、茨城県那珂《なか》町にあり、幼少の頃は盆や新年の挨拶に母に連れられてよく実家を訪ねたものである。子ども心に仏間にあった故人（伯父《おじ》勝山淳）の遺影に思いを巡らせながらも、母や祖父母にその人が誰なのかを尋ねることもしなかったが、その軍服姿の遺影から、先の太平洋戦争で戦死したことは感じていた。ただ、人間魚雷で戦死した事実を除いては、一切の事柄は二〇〇〇（平成一二）年、私が四一歳の春まで全く知らなかった。

数年前に山口県徳山市大津島《おおづしま》で行われた回天烈士追悼式に、母をはじめ故人の弟や姉妹たちが出席したが、母が持ち帰った回天記念館内で撮影した故人の写真や、同館内で販売していた絵はがきやパンフレットを見て、五十余年前に故人は確かに「そこに」いたのだと感じたものであった。

それ以後は特に、故人のことを気にかけることもなく月日が過ぎた。

二〇〇〇（平成一二）年四月ころであったが、たまたまインターネットのヤフージャパンの検索サイトで「回天」の文字を入力し検索したところ、「回天特攻隊」というホームページを発見した。

このホームページには、「回天」に関する予備知識のない人、特に太平洋戦争を知らない若者にもわかるように当時の写真を数多く掲載し、「回天」に関する事柄がくわしく説明されていた。

その時、伯父について知っていたのは、「勝山」という姓と、昭和二〇年七月末ころに戦死したことの二点であった。「回天特別攻撃隊」は昭和一九年一一月八日に出撃した

「菊水隊《きくすい》」から、昭和二〇年七月一四日から八月八日にかけて出撃した「多聞隊《たもん》」まで、数多くの部隊が編成され壮途に就いた。

その中から故人の出撃は「多聞隊」ではないかという予想は容易についた。そして最初に閲覧した「多聞隊」の資料説明の写真の中に、故人の名前「勝山淳」を発見したのである。そばにいた母に確認してもらったが、間違いなくその人が母の兄であった。

「回天特別攻撃隊多聞隊、伊号五三潜水艦、昭和二〇年七月一四日に大津島を出撃、七月二四日勝山淳中尉（海兵七三期）、七月二九日川尻勉一飛曹（北見中）、八月四日関豊興少尉（明治学院大）、荒川正弘一飛曹（法政大）、発進戦死。回天二基故障のため発進不能。（生還者、高橋博、坂本雅刀）」

これがその箇所の説明である。そして「勝山淳、海兵七三期、海軍中尉、昭和二〇年七月二四日発進戦死」という事実を、このとき初めて知った。故人の死から三週間後に「終戦」という結末を迎えたことを考えると、残された祖母や母たち勝山家の者は、さぞ無念であったに違いない。

そう思う一方で、このホームページにある「回天」特攻隊の搭乗員戦死者の説明には、全て「発進戦死」の言葉が添えられていたが、その戦果が全く見あたらないことに疑念を抱かざるを得なかった。

なぜなら、「人間が操縦する魚雷ならば絶対にはずれることはない」という思い込みにも似た考えから、また故人の「回天」が敵艦に命中したことは、故人の戦死という事実で知っていたので、その他の「回天」搭乗員もかなり多くの戦果を上げていると思っていたからであった。

平成一二年は西暦二〇〇〇年、二〇世紀最後の年である。兵器の発達とともに二度にわたる世界大戦や、数多くの地域間紛争としての戦争が起こり、「戦争の世紀」といわれた二〇世紀も、あますところ五か月余りとなっていた。そして、故人の戦没日の七月二四日を、「五五年前の今日、伯父勝山淳が人間魚雷『回天』に搭乗して戦死した」という思いで迎えたのである。

❁パソコンで知った伯父の消息

故人の戦没日から約一週間後、たまたま米国ヤフーの検索サイトで「ｋａｉｔｅｎ」の文字を入力したところ、ホームページがパソコンの画面に表示された。その多くは「回転寿司」の「回転」であったのには、思わず笑いがこみ上げてきたが、人間魚雷「回天」に関するホームページは日本のそれよりも、はるかに内容の濃いものであった。その検索の最初に出てきたホームページを閲覧したことが、これからの出来事の始まりであった。

そのホームページには一九四四（昭和一九）年後半以降の、日本軍の戦局の悪化とともに出現した特攻兵器「回天」と、その戦果を取り上げていたが、「回天」による米国海軍の艦艇の損害が、「回天」搭乗員の戦死者数と比べて、かけ離れて少なかったのである。

『回天』による日本軍の数少ない戦果の一つに、米国海軍護衛駆逐艦アンダーヒルの撃沈がある」という説明、「昭和二〇年七月二四日」という日付、さらに「勝山淳海軍中尉、関豊興海軍少尉、荒川正弘海軍一等飛曹、川尻勉海軍一等飛曹」の「回天」搭乗員の名前と「帝国日本海軍伊号五三潜水艦（伊五三潜）」の艦名を、このホームページの記述から見つけた。

日本のホームページ「回天特攻隊」でわかった故人の戦没日「昭和二〇年七月二四日」の日付と、「伊五三潜」の艦名の記述は全く同一であったが、説明の中にあった『回天』四艇もしくは二艇によって攻撃を受けたアンダーヒルは、その内の一艇を爆雷攻撃で沈めた」という食い違いがあり、いずれの記述が正しいのかと思っていた。

このホームページの文章を読むまでは、母から幼少の折りに聞いた「人間魚雷『回天』で戦死した」という事実以外には何も知らなかったが、アンダーヒルが伯父の「回天」を捕捉してからその突入までを、アンダーヒルの生存者や哨戒艇等の人たちが間近で見た事

米海軍駆逐艦アンダーヒル（ロジャー・クラム氏のＨＰより）

実を知った時の悲しみは、戦後生まれの私でさえ感じざるを得なかった。

いずれにせよ、一九四五（昭和二〇）年七月二四日に伊五三潜の搭載する「回天」が、米駆逐艦アンダーヒルを撃沈したことは確かだったので、二〇〇〇（平成一二）年八月六日に、米国のホームページの制作者に、勝山淳海軍中尉の甥《おい》である旨のメールに、伯父と母そして私の写真を添付して送った。

二日後に返信のメールが届いたが、そこには、ホームページの情報はアンダーヒルの生存者の方から提供されたものであり、その方もアンダーヒルのホームページを開設していることが述べられていた。彼のメールの締めくくりとして、「インターネットの技術がなかった一〇年前には私たちがお互いに知り合う機会を得る可能性は全くなかったでしょう」という一文が添えられていた。

二本のレールのように決して交わることのないと思われた、日米のそれぞれの思いや悲しみが、最初に出会った瞬間であり、その当時、経済効果一辺倒の「ＩＴ革命」なる言葉を盛んに喧伝していた政治家の思惑とは、全く別な意味での「ＩＴ革命」を実感したのであった。

❁アンダーヒル生存者からのメール

間もなくアンダーヒルの生存者であるロジャー・クラム氏（当時七七歳）からメールが届いた。彼のメールには思いがけない出会いへの驚きと、あの日の出来事に寄せる思い、そしてアンダーヒルの功績を称えるために、アナポリスにある米国海軍士官学校でアンダーヒルの慰霊祭が、一九四七年以降開催されていることを、自己紹介とともに述べられていた。

彼にとって一九四五年七月二四日の出来事は、生涯忘れることのできない深い悲しみであり、多くの戦友を一度に失った思いからだろうか、彼は終戦後に占領軍の一員として日本に駐留した時に、休暇の合間をぬってアンダーヒルを撃沈した「回天」のことを調べたという。

しかし、その時点ではアンダーヒルを沈めた「回天」を、誰が操縦していたのかわからなかったようである。その後に日米の関係者が、双方の当時の資料を照合した結果、私の伯父勝山淳海軍中尉の操縦した伊五三潜の「回天」一号艇が、アンダーヒルを撃沈したことが判明したという。

クラム氏のメールには、アンダーヒル艦上で戦死した戦友のご子息が、時折商用で日本を訪れることが述べられていた。そして、「あなたの都合が良ければ、彼が次に日本を訪れる時に会合の席を設けてはいかがだろうか」という提案をされた。

1944年当時のクラム氏（同氏提供）

✵加害・被害の壁をこえて

クラム氏からメールをいただいて二週間ほど過ぎた八月二六日、アンダーヒルで戦死した彼の戦友の子息ヘンリー・ロード氏からメールが届いた。そこには、クラム氏から知らされた私のメールに対する驚きと感慨、五五年の歳月を経て日米の遺族が日本で会える機会を得られることに対する思い、そして九月に商用で日本を訪れる際に、私たちの会合の調整を、私に委託する内容が記されていた。

ロード氏は年に数度、日本を訪れるとのことで、メールにはローマ字ではあるが日本語の挨拶を添えるなど、日本的気配りの出来る誠実な方であるという印象をもった。

彼は当時五九歳、彼が四歳の時に父親（当時三四歳）がアンダーヒルで戦死した。父親は志願して海軍に入隊したが、その時ロード氏はわずか二歳。当然彼の記憶には生前の父親の顔はないのである。妻帯者であった彼の父親は、志願しなければ前線に出ることもなかったのだが、あえて祖国のために海軍に志願、下士官待遇の機関兵曹長として、アンダーヒルの運航に関わる仕事に携わっていたとのことである。

ロード氏からメールを受け取って、彼の提案する会合の目的を考えてみた。五五年前の太平洋戦争末期に起きた悲劇の、日米双方の当事者の遺族の出会いではあるが、アンダーヒルの関係者は当時の様々な情報を持っているため、勝山淳の遺族である私たちにその事を伝えてくださることだろう。しかし私たちには、勝山淳個人の事柄は伝えることができても、あの日起こったことに関しては、ロード氏やアンダーヒルの関係者へ伝えるいかなる情報も持っていないのである。

そういう思いも含めて、八月二八日にホームページ「回天特攻隊」の掲示板に、八月上旬以来の出来事の概略と、ロード氏との会合の件を紹介したのであった。

✵日米当事者の会合実現へ

数時間後に、河合不死男海軍中尉（海兵七二期・没後大尉）を大叔父に持つホームページの制作者・加藤康人氏より作家・上原光晴氏の著書『「回天」その青春群像』の一節の掲載があり、初めて伯父勝山淳の戦果が、「回天」の全作戦の中で「回天」搭乗員と戦果が結びつく、唯一のケースであることを知ったのである。

さらに数時間後、その掲示板に全国回天会（小灘利春会長）が調査した、昭和二〇年七月二四日午後二時から三時一五分の間の、アンダーヒル撃沈に関する日米の戦闘記録が掲載されていたのを見つけた。掲載した方は、戦死した伯父と海兵同期、そして大津島の「回天」隊同僚であった、峯眞佐雄氏の長男・一央氏であった。

峯一央氏からいただいたメールには、故人と眞佐雄氏とのことが簡略ではあったがわかりやすく述べられていた。私は返信のメールで峯眞佐雄氏、一央氏ご両名のヘンリー・ロード氏との会合への出席を依頼したのである。後日、一央氏より伊号五三潜元航海長山田穣氏が同席されることが伝えられた。

それからロード氏、峯一央氏とのメール交信が続いた。会合の場所の設定は故人の生家と決まり、後はロード氏のスケジュールに合わせて日時を決めるだけであった。故人の戦友や、当時の上官が出席することをロード氏に伝えたところ、早速アンダーヒル関係者からの依頼と思しき数多くの問い合わせがあった。会合の席の中で答弁できるように、あらかじめ米国側の質問事項を整理して、一央氏へメールでお知らせした。

ロード氏を通じて私宛にその内容が伝えられ、さらに私から峯一央氏へ、一央氏から父上の眞佐雄氏、そして眞佐雄氏から山田穣氏や回天会の小灘利春会長等へと伝えられていったのである。一央氏ともども戦争を知らない私たちが、さながら日米の退役軍人の情報伝達に一役買ったような立場であった。

二〇〇〇（平成一二）年三月、「回天」に撃沈された米油槽船ミシシネワのホームページに、一つの投稿があった。それによると一九四五（昭和二〇）年八月四日未明に、投稿者の父親の乗艦した米駆逐艦アール・V・ジョンソンら数隻の駆逐艦隊が、日本軍の潜水艦を発見し、数時間におよぶ爆雷攻撃をかけた。その時に彼の父親たち駆逐艦乗員らが一艇の小型潜水艦（「回天」）が至近で爆発したのを確認し、直後に艦底至近で起きた爆発の衝撃によりアール・V・ジョンソンの推進機関に損害が発生し、戦闘行動の中止を余儀なくされたとのことであった。

戦後五〇年過ぎた一九九五（平成七）年一〇月に、この時のアール・V・ジョンソンの先任将校であった、イシドール・ホーヴィッツ退役大佐より伊五三潜の関係者へ書簡が届けられ、照合の結果、その時の日本軍の潜水艦が伊五三潜であることに間違いないことが判明したという。

この時に伊五三潜を救うため出撃した「回天」二艇は、関豊興海軍少尉と荒川正弘海軍一等飛曹が操縦したものであった。闇夜の海上に敵を求め、散華《さんげ》したおふたりの尊い犠牲がなければ、伊五三潜は撃沈され、伯父の戦果も、彼が伊五三潜内で残した航海日誌（X章）も、永遠に闇の中であったに違いない。

❀日米で反戦を誓い合う

二〇〇〇（平成一二）年九月二四日、正午前にヘンリー・ロード氏と母・文江を乗せて、故人の生家のある茨城県那珂町へ向かった。途中、常陸太田市に住む故人の姉の嫁ぎ先へ寄り、伯母を乗せたが、その場所こそ、故人が出撃前に帰省した際に最後に泊まった家であった。両親、弟や妹たちの顔を見るのが忍び難かったのであろう、実家には泊まらなかったのである。

予定より三〇分以上遅れて生家に着いたが、すでに峯眞佐雄氏、一央氏、山田穣氏、共

勝山淳さんの生家でヘンリー・ロード氏（右奥）を囲んで

同通信の記者、そして故人の弟の勝山忠男ら親族たちが待っていた。

私は、この度の伯父勝山淳とアンダーヒルで戦死した方々を偲ぶ日米双方の遺族の集いを、「故勝山淳ならびに昭和二〇年七月二四日を偲ぶ会」と命名した。

元海軍士官の両名には宴席が一段落した後に、前もって用意していたアンダーヒル側の「回天」に関する質問事項を伝えた。

発進した「回天」の数は何艇か。「回天」の搭乗員は志願したのか。

質問には、当時、伯父の上官であった山田氏より明確な回答が示された。

七月二四日の午後にアンダーヒルの船団を発見したが、距離や方位角の面から通常魚雷での攻撃は不可能であり、「回天」による攻撃も極めて困難であったが、

「見敵必殺」の覚悟で乗艦していた「回天」搭乗員は出撃を申し出たため、大場艦長は苦渋の決断で、勝山淳中尉の乗艇する一号艇の発進を下命した。

あとの質問には、故人の海兵同期の峯眞佐雄氏が答えた。

一般には「神風」も「回天」もその他の特攻隊員も、志願者によって編成されたと思われている。また、米国など海外諸国でもそのように受け止められているようであるが、極端な場合、「特攻」を「洗脳された人間」の行為として考えている人たちも海外には結構いるようである。

私も眞佐雄氏の「命令です」という言葉を直接聞くまでは、全て「志願制」であると思っていたのである。

正確には、伯父や眞佐雄氏ら海軍兵学校や機関学校出身者は、辞令（命令）によって大津島の「回天」隊に赴任したのだった。この他の予科練出身者や予備学生は、一応志願制の形を取ってはいたが、だれひとり「回天」という兵器を見て志願したわけではなかった。また予科練甲飛一三期の元「回天」搭乗員の手記には、「志願はしたものの、適性とか能力とかは一切関係なく機械的に『回天』要員として振り分けられた」と記されている。

伯父や眞佐雄氏らと海兵同期で、「回天」隊の同僚であった成瀬謙治中尉は、伯父と同じ多聞隊の一翼を担った伊号三六六潜水艦の先任搭乗員として、一九四五（昭和二〇）年八月一日に「回天」基地の一つである山口県光基地を出撃、終戦直前の八月一一日に散華した。

成瀬中尉は兵学校在学中の一九四三（昭和一八）年夏に起きた、母校の愛知一中での「予科練総決起事件」の報に接して、母校の校長に「全一中生を予科練に送ることは無意味であり、個々の能力に応じて国に報いるべきであり、この戦争で死ぬのは自分たちで十分である」という書簡を送った（愛知一中では生徒集会で全員予科練志願を申し合わせた）。

能力や適正を見極めずに、若者たちの純粋な憂国の至情に頼りきった当時の状況を示す成瀬中尉の書簡は、「真の志願」とは何かということを、私たち戦争を知らない世代に語りかけているように思えてならない。

この集いの締めくくりにロード氏よりお礼のことばがあった。それは、先の大戦末期の七月二四日に起きた悲劇で亡くなった日米双方の方々への追悼と、二一世紀が戦争のない平和な時代であるように、次世代の子どもたちに託した誠意あふれるメッセージであった。

「いつの日か、私たちの住む世界から戦争の脅威、苦難、苦しみがなくなること、そして将来、私たちが希望、喜び、愛情、正義に満ちあふれた世界のために、すべてを熱心に学ぶことが、私の強い希望です。……」

❁「回天」訓練の地に立つ

この会合から二週間後、思わぬメールをいただいた。「ヘンリー・ロード氏の件」というタイトルに、見知らぬメールアドレス。

メールの差出人は広島の西﨑智子さん。西﨑さんは仕事の関係で時折外国からのお客様を、広島の平和公園や平和記念資料館などへ案内しているとのことであった。二〇〇〇年五月にロード氏の依頼で、一緒に江田島の旧海軍兵学校を訪ねた。西﨑さんはホームページ「回天特攻隊」の英語版の制作を進め、後日それが縁で欧米のメディアと、回天会や真珠湾攻撃体験者との橋渡し的役割を演じることになる。

この年一一月一二日の山口県徳山市大津島で行われた回天烈士追悼式に、私は初めて出席した。広島に近いこともあり、西﨑さんを誘った。

式典当日の早朝に徳山駅に着いた私は、西﨑さんを迎えた。新幹線改札口で西﨑さんを見つけ、お互いに簡単な挨拶をすませて徳山港のフェリー乗り場へ向かうと、その正面に地元の回天顕彰会と全国回天会の方々が、遺族関係者の受付をされていた。

今回は「飛び入り」での出席だから、遺族関係者の名簿に私の名前はないはずだが、「勝山淳の甥《おい》です」と伝えると、「あ、勝山さんのご遺族の方ですか、遠路ご苦労さまです」

と、ねぎらいの言葉と、丁寧な案内を賜った。

そして大津島までの往復の切符を、西崎さんと私に渡してくださった。大津島までの四〇分弱の間、五六年前に伯父がここで訓練に励んでいたのかという思いが、ひしひしと感じられた。

大津島に着いて、私たちは追悼式に出席される方々の後を追うように、魚雷発射試験所跡へ向かった。そこへ向かうトンネルの中には巨大なパネルに収められた当時の写真が、淡いライトに浮かび上がるように私たちの目を引いた。「回天」を運んだレールを取り外した跡と、昼なお薄暗いトンネルの情景に、言葉ではいい表わせない雰囲気を感じたのである。

「回天烈士並回天搭載潜水艦戦没者追悼式典」は厳かに行われた。初めて参加したのに何故か緊張も全くなかった。

❋メールで送られてきた血書のハチマキの写真

追悼式典から三日後の一一月一五日に、峯一央氏からメールが届いた。自らのホームページ「殉国の碑」の開設の案内と、伯父勝山淳の資料等の掲載許可を願う内容であったが、その中に峯眞佐雄氏所蔵の「血書のハチマキ」の紹介があった。

一央氏の説明では昭和二〇年一月に、眞佐雄氏が伯父から配られて、受け取ったハチマキとのことで、その画像を拝見すると、数名の女学生の名前が寄せ書きされていた。その名前の中に「泰子」と言う文字を見つけた時、伯父のアルバムにあった女学生の集合写真の、黒川泰子さんかと思ったが、その他の方のことは気にもとめなかった。

このことを一央氏に伝えたのは、伯父勝山忠男が一年後、二〇〇一（平成一三）年の追悼式典から帰ってきてからであった。この時点ではまだその中に写っていた方の書いた書籍『新世紀に語り継ぐ戦争』を読むとは、予想もしなかった。

二〇〇一年の追悼式の日は、故人の七七回目の誕生日でもあった。しかも故人の誕生日は「大正一三年一一月一一日」と、元号は異なるものの奇しくも数字は同一である。昨年の追悼式に出席した私は、今年は故人の誕生日と同じ日と知っていたので、伯父に今回の追悼式への出席を強く促していたが、「一三年」まで一緒であったとは、うかつにも年が改まってからも、しばらく気がつかなかった。

不思議な巡り合わせ、「運命」といえば大げさかも知れないが、はたしてその言葉が現実のものとなったのである。伯父が船着場で配布していたチラシ「新世紀に語り継ぐ戦争」を手にすると、「学徒動員の思い出『回天特攻隊』」が真っ先に目に止まったという。

この手記の筆者・大林和子さんは、学徒動員によって呉海軍工廠で「回天」の縦舵機の調整を行う部署で働いていたが、同じ部署に配属された同級生五名と「回天」の突入が成功するように願いを込めて、血書のハチマキを作成し、上司に渡したという。

追悼式から三週間近くたった一一月三〇日、伯父忠男から血書のハチマキの手記を書かれた大林さんのことを聞き、ふと一年前に開設された峯一央氏のホームページに掲載されている、「血書のハチマキ」を思い出した。そして、大林さんたちが作成した血書のハチマキが現存すること、故人のアルバムにあった六名の女学生たちの写真のことを、伯父に告げた。

一二月二日の一央氏のメールは、伯父が峯眞佐雄氏に血書のハチマキを作成した大林さんのことを電話で伝えたというが、伯父のいわんとすることが不明とのことで、私に詳しいことを聞くようにとの依頼であった。

伯父は、眞佐雄氏が血書のハチマキについて、詳しいいきさつを知っていると思っていたようだが、眞佐雄氏と彼女たちの面識は直接にはなく、話がかみ合わなかったようである。

その時の返信のメールで一央氏に、伯父に血書のハチマキの写真を二枚送付くださるよう依頼し、後日その一枚が伯父より大林さんへ送付された。

その返礼として、一二月一〇日に一央氏に女学生たちの集合写真を送ったが、翌日のメールで、大林さんの手記が『新世紀に語り継ぐ戦争』に掲載されていることを教えていただいた。さらにこの件を一央氏のホームページへ掲載するため、関係者のお許しを願えるようにとの依頼を受けたのであった。

✿戦友の心の中に生きている伯父

「回天特攻隊」の掲示板で、靖国神社の新遊就館が、二〇〇二年の「みたままつり」初日の七月一三日に開館するのを記念して、全国回天会や各地区の回天会が七月一五日に靖国神社で「靖国の庭に集う会」を催すとの情報を得た。平日であり出席の見合わせを考えていたが、その一か月後、北海道から思いも寄らぬメールが届いた。

その方は札幌の高橋美樹さんで、故人とともに伊号五三潜水艦で出撃し、生還した元回天搭乗員・竹林（旧姓高橋）博氏に私が送った資料の一部を分けていただいたこと、竹林氏が今回の「靖国の庭に集う会」に参加されるとの内容であった。

二〇〇〇（平成一二）年九月に勝山宅を訪れたヘンリー・ロード氏の件を文章にまとめていた一〇月はじめ、会合の場の提供者・伯母の勝山安子より、北海道に故人の部下の方がおられ、賀状等のやりとりがあることを聞いて、初めて竹林氏の存在を知った。まもなくまとめた資料を竹林氏へ送付したところ、丁重なお手紙と資料をいただいた。

最初の書簡には、昭和二〇年八月四日の敵艦の爆雷攻撃と、その時「回天」内の事故で危うく命を落とされかけたが、戦友の「回天」のおかげで、潜水艦の乗員ともども命を救われたことなどが述べられていた。特に、「私がこうして生きているのはその時の皆さんのお陰であり、つまりその方によって私は生かされているのです」という言葉が印象的であった。

しかし距離的に遠く離れている北海道を訪ねる機会はなく、書簡のやりとりのみであったが、竹林氏の上京の報を知って早速、全国回天会の河崎春美事務局長あてに「靖国の庭に集う会」に出席する旨を伝えた。

七月一五日は快晴であったが、この時期にしては、さらっとした心地よい風が吹いていた。一一時過ぎに受付をすませて間もなく、「小野さんですか?」と声をかけられた。北海道在住の甲飛一三期の元「回天」搭乗員の竹林（旧姓高橋）博氏であった。しばらくして同じ伊五三潜水艦で出撃・生還された同期の坂本雅俊氏が、奥様を連れてお見えになられた。

おふたりをはじめ、多くの回天会の皆さまとは初対面にも関わらず、楽しい一時を過ごすことができた。懇親会の席上で故人と海兵同期の方や、同じ旧制水戸中学出身の方とお話する機会を得たことは感無量だった。

今回のように一同に会することは、滅多にないことなのか、懇親会の席では久しぶりに会った旧友同士の話があちこちから聞こえてきた。

私は「大津島」と記されたテーブルで、竹林氏、坂本氏、峯眞佐雄氏から当時のお話をいろいろとうかがった。海兵七三期の同期生成田氏や、水戸中学の先輩だった山地氏はわざわざ私のテーブルまで足を運んでくださったが、山地氏にいたっては、「探していた」とのお言葉に恐縮してしまった。

五七年前の故人のアルバムの写真に写っている方々が私の目前におられ、かつその方々とお話をしていると、同じように歳を重ねた、伯父勝山淳がどこかのテーブルに座っているような、淡い気持ちをいだいた。伯父淳を知っている方々には私を彼にだぶらせて、当時の話をされているような雰囲気を感じた。

❁つぎつぎに広がる「回天」の輪

二〇〇二年八月二日、「靖国の庭に集う会」でお会いした札幌の高橋さんから、その時の写真とお手紙が届いた。お手紙には竹林氏と高橋さんが、一一月の大津島での回天烈士追悼式に参加されるとあったが、この時点ではまだこの後、伯父勝山淳を知る、多くの方々とお会いできるとは夢にも思わなかった。

東京のあるホテルの一室で、「血書のハチマキ」を作成した五名の方といっしょに写真に写っていた山口泰子さんと、伯父勝山忠男らが五六余年ぶりに再会した。当日は母・文江と出席したが、峯一央氏も本物の「血書のハチマキ」を持参された。

泰子さんは当時のご家族のこと、伯父勝山淳のこと、動員学徒として呉海軍工廠で働いたこと、広島で体験されたこと、戦後のことなどを感慨深くお話されたが、広島に原爆が投下された日のさまざまな出来事については、直接の体験者からお聞きする言葉の重みをひしひしと感じた。


大津島での回天烈士追悼式まであと一か月あまり、山口泰子さんとお会いして数日後、伯父より急遽今年の追悼式への出席を伝える電話があった。昨年出席したので今年は見合わせる予定で、遺族宛に送られてきた追悼式出席申し込みの葉書を、出席する私に託していた。思いもよらない電話に何事かと思ったが、後日「淳兄の関係者が多数出席される」との説明があった。

追悼式前日の一一月九日早朝に自宅を出た。常磐線で上野へ向かいながら、かつて同じ線路を一路大津島へ向かった故人を偲んでいた。

正午過ぎに徳山駅に着いてホームを歩いていると、後ろから私の名を呼ぶ声がした。広島の西﨑さんであった。改札口で前日に徳山に着いた竹林氏と高橋さん、そして「靖国の庭に集う会」でお会いした高橋さんの友人の澤田さんの三人にお会いした。

昼食をすませ、フェリー乗り場から大津島へ向かったが、その短い航路の途中、竹林氏が語る当時の思い出の数々に周りの景色をだぶらせ、当時の情景に思いを寄せながら、時が過ぎるのを忘れる思いであった。

大津島へ着くと島の有志の方から、砲台跡へ案内された。その当時、島の警備に当たっていた部隊が管轄していた砲台跡一帯には、監視所やそれに繋がる地下道の跡が残っていた。「回天」基地隊のあった大津島は、極めて機密の高い基地であったため、徳山が空襲を受けたとき（五月一〇日）にも、上空を飛ぶ敵機を砲撃しなかったという。

しばらくして元「回天」整備員の外村氏にお会いした。元搭乗員の竹林氏と外村氏は当時を懐かしむように、大津島の海での当時の訓練や整備のご苦労や笑い話を、私たちに話された。

その後到着した全国回天会の小灘利春会長や河崎春美事務局長、そして「もっと回天を知りたい会」の方々と合流して、研修施設へ向かった。各自の自己紹介、非公開のビデオ映像の視聴など、時の流れるのを早く感じた。

2001（平成14）年11月、大津島で「回天」関係者の方々

小灘会長は竹林氏の当時の分隊士であったとのことで、つまり上官と部下との関係であり、五七年ぶりに大津島で、かつての上官と一緒に朝を迎えたことに、感慨深いものを感じたことを、後日いただいた書簡で述べておられた。

❋新世紀に体験を語り継ぐ使命

一一月一〇日の朝、前日の強い風が嘘のように静まりかえった快晴の大津島の海に、海上自衛隊の潜水艦「おきしお」の姿があった。そして、式典の挙行される回天記念館には、軍艦旗が穏やかな風にたなびいていた。朝食後、昨夜、研修所で過ごした一〇名あまりは、魚雷発射試験所跡などを散策した。

九時過ぎに式典会場の回天記念館を訪れたが、すでに「回天」戦没者の全ての英霊碑には花が添えられており、中にはご遺族の方が添えた故人の故郷の銘酒などが見うけられた。

一一時近くになり多くのご遺族や関係者が集まってきたが、伯父忠男の姿はまだなかった。しばらくして「勝山さんのご遺族がお見えになっておられるはずですが」という声に振り返ると、初めて見る方であった。二言、三言と言葉を交わして、その方が出撃前に故人が呉の黒川（現姓山口）さん宅を訪ねた際、故人と行動を共にした甲飛一四期、榊原氏とわかった。

榊原氏とともに回天記念館を見学したが、当時の思い出話をされながら、戦没者の遺影に見入っていた。しばらくして伯父が三好榮氏、峯眞佐雄氏らと連れだって記念館へ向かう道をあがって来た。まもなく「血書のハチマキ」の制作者のおひとり、大林和子さんもお見えになり話がはずんでいた。

今回の追悼式では、七月に靖国神社でお会いした全国回天会の方々や、故人を知る多数の方のお顔を拝見でき、初めて訪れた一昨年とは異なった思いに浸っていた。自衛隊の慰霊飛行も、バンクを振るなどして出席者の歓声を呼んでいたが、空に思いを抱いて予科練の門をくぐり、水中特攻に身を投じた甲飛一三期の御霊や、国のために殉じた他の若者の御霊も、思わずほくそ笑んでおられたに違いない。

式典終了後、「新世紀に戦争を語り継ぐ会」の方々のお姿を拝見した。フェリーを待つ待合室の椅子に座られていた、元「回天」担当参謀・鳥巣建之助氏の手元に『新世紀に語り継ぐ戦争』の本が収められていたのが印象的であった。翌朝、同宿していたホテルを去る前、「出来うる限り当時のことを伝えることが私の役目であり、取りも直さずそれが自らの命をもって祖国に殉じた若者たちへの追悼となることと信じている」という鳥巣氏の言葉に、九四歳の高齢にもかかわらず、毎年追悼式典へ出席されている理由を見た思いであった。

❋私にとってすばらしい二年間だった

二〇〇〇（平成一二）年八月以降の二年あまりにわたる不思議な出来事、そして出会いに「運命」という言葉を切に感じる。アンダーヒル生存者のロジャー・クラム氏は亡くなる八か月あまり前の二〇〇一（平成一三）年一二月三日に、戦史研究家のマイク・メア氏のホームページの掲示板に残したメッセージの中で、私との出会いを「不思議な運命」と表現されていた。そして、元「回天」搭乗員の竹林博氏の「故人たちの思いによって私は生かされている」という言葉には、戦争を知らない若い世代に太平洋戦争の悲しい思いを伝える願いが込められているように思えてならない。

「花も盛りの二一歳、今神国の捨石とならん」

伯父の生家より借り受けた、出撃航海日誌に記された昭和二〇年七月一四日、出撃当日の伯父淳の日誌の一節である。

＊二〇〇二年アンダーヒル慰霊祭へのメッセージ

伯父勝山淳とアンダーヒルのことを知って、はや二年が過ぎようとしております。

私の祖父母は、戦死した淳のことを生前に一言も私に話したことはありませんでした。同様に、伯父、伯母も私に話したことはありませんでした。ただ、言葉の代わりに、彼の実家の仏壇のある部屋に、彼の遺影が掲げられていただけでした。

子どもの時に「昭和二〇年七月下旬に人間魚雷『回天』で戦死した」との母の言葉の他には何も知らず、また知らされずに歳を重ねてきました。

二〇〇〇年の三月下旬、「回天特攻隊」のホームページを偶然に見つけ、そこに記載されていた情報から伯父勝山淳の戦死した日が、昭和二〇年七月二四日であることを知りました。さらに約四か月後に、また偶然に米国のホームページで「回天」によって撃沈されたアンダーヒルの情報を得ました。その中でアンダーヒルの沈没した日が、伯父淳の戦死した日と同じであること、またそのホームページに「勝山淳」の名前を見つけた時は、表現すべき言葉を失いました。

そのホームページの管理者にメールを送ったところ、まもなくその方とアンダーヒルの生存者のロジャー・クラムさんからメールをいただきました。そしてクラムさんの紹介でヘンリー・ロードさんと、伯父淳の生家で会うことになりました。

先日、靖国神社で回天会の集まりがあり、伊五三潜の二人の元「回天」搭乗員の方もお見えになっていました。おひとりは、彼の「回天」の特眼鏡から、見聞きしたアンダーヒルの船団に向かう伯父淳の「回天」の姿を、今でもはっきり覚えているとのことでした。そして生還されたおふたりとも、「いま生きているのは、亡くなった戦友のおかげであり、彼らによって生かされている」と述べていました。

＊二〇〇二年七月末のクラム氏遺族へのメッセージ

二年前、私はアンダーヒルに関するホームページを発見し、ホームページ制作者へ伯父勝山淳の情報を送りました。まもなくその方からクラムさんのホームページ「米国海軍駆逐艦アンダーヒル」を教えていただきました。その時、「インターネットの素晴らしい技術がなかったなら、私たちはお互いを知ることもなく、このようにして出会うことはなかったに違いありません」と私に伝えてくれました。

私はこの意見に強く賛同するとともに、クラムさんから賜ったご親切やご協力は、インターネットの技術以上に素晴らしいものであったと確信しています。

この二年間の日々はあまりにも短いものかもしれません。しかし私の人生の中で、最も素晴らしい日々であったと思います。私はクラムさんと同じ歴史の上を歩んだことに、喜びと誇りを持つ次第です。

クラムさんの魂は永久に皆さま方を見守り続けることでしょう。

最後に伯父勝山淳に関わる貴重な情報をご提供いただいた、日米の友人の皆さま方に感謝の意を表します。

Ⅷ　靖国神社参拝と勝山隊長の墓参を終えて

坂本　雅俊

戦後五八年目を迎え、紙一重の天運とは申せ、あの時散華された勝山隊長ほか三烈士のお陰であったと、今日まで負いつづけてきました自責の念の一端を少しでも晴らし、軍神となられ靖国の桜の梢に咲いておられる「回天特攻勝山隊」の烈士に玉ぐしを捧げ、涙ながらに在りし日を偲ぶひとときでした。

翌日は、隊長の甥にあたる日立市の小野正実氏にご案内いただき、隊長の生家である茨城県那珂町の実家を訪れ、実弟の勝山忠男氏、兄嫁の勝山安子様や、実妹の勝山玲子様、実妹の庄司かつ様に、お心づくしのご歓待に相成り、恐縮至極。勝山家皆様のお人柄に接することができて、感動しきりのひと時でした。

隊長の、部下を思いやられるお人柄や、内剛外柔精神の発露ではなかったかと強く感じ、敬服しながら近くの白河内一三塚墓地の立派なお墓に、ねんごろに香華《こうげ》を手向け、墓参させていただき、心のしこりを少しは楽にさせていただきました。

出撃隊「勝山隊」の編成が決定されたのは、三月中旬だったと記憶しますが、以後出撃まで六名は、同一の宿舎に住み、文字通り寝食を共にする一心同体の生活で、共に兄弟のような関係の中、日夜、荒天《こうてん》を問わず、敵の航行艦襲撃の体当たり訓練は緊張の連続、訓練の模様は飛行艇からと、追蹤《ついしょう》艇で確認されていたのです。

大津島・回天山頂にて
前列左より竹林（高橋）、荒川
後列左より勝山、川尻の各氏

訓練終了後は、研究会と称して、上官およびすべての隊員居並ぶ中、訓練内容を報告する緊張の時間でした。その時も、隊長は几帳面で正確、しかも冷静、沈着、いつも司令から好評をいただいていました。

そのことをわれわれも見習うよう勤め、お陰で大過なきを得た記憶があります。

このように何かにつけてもよき兄貴分として、私たちの面倒をよく見、相談、アドバイスに応じてくださった。その上、階級の違いなどさらさらなく、私たちの言い分や希望をよく聞いて付き合いをしてくださり、出撃前の回天山頂での思い出の写真も、ひとときのリラックススナップとして、いま懐かしく残っています。

Ⅷ　戦争を知らない私と「回天」との出会い

西﨑智子

戦後生まれの私と「回天」との出会いは、本当に不思議なご縁の連鎖が生み出した。それだけに、「回天」を実体験された世代と、戦争をまったく知らない世代とを結ぶ使命としての役割を強く感じている。その経緯を書いてみよう。

私の友人のハル（本書ですでに出ているヘンリー・ロードさんのこと）は、いつも前向きで強気、そして陽気なアメリカ人だ。仕事の関係で知り合うことになったのだが、とても気さくな人柄で、年齢こそ違うものの気の合う友人の一人となった。

二〇〇〇年五月に、私はハルと広島湾の沖に浮かぶ江田島の海上自衛隊第一術科学校（旧海軍兵学校）を訪ねた。

原爆ドーム前でロードさんと

短い滞在期間を何とかやりくりして訪ねたというのに、教育参考館は、電気系統の工事のため停電で見学できないという。

「遠来のお客様なので何とかしてください」

と、どうにか許可はもらえたものの、真っ暗な中での見学となった。

「『回天』を知っているか?」

「伊号第五三潜水艦の大場艦長について知りたいのだが……」

と、矢継ぎ早に質問する真剣な表情に、満足に応えることができなかった。

屋外に展示されている特殊潜航艇は、真珠湾攻撃の際に使用されたものだが、同行の自衛官が説明するままに「回天だ」と紹介すると、ハルは一生けんめいに写真を撮った。

自分の父の最期を少しでも知りたい、と必死であったろう友人の姿がそこにあったのだが、私は何も気づくことなく、澄みきった空に輝く瀬戸内海の小旅行を楽しんでいた。

そして九月、東京での会議を月曜日に控え、「日程を調整して、週末にでも出てこられないか」との連絡を受けた。

「いつもお世話になりっぱなしだから、お礼に食事でもどうかと思って」と、軽い調子で話を切り出されていたこともあり、結局、雨で延期となった子どもの運動会のため、東京に着いたのは日曜日の夜になってからだった。いつもと変わらない笑顔だったが、大好きな日本庭園を見る笑顔が、ときどきかげりを見せた。

そのときハルがふと見せた、とても寂しそうな表情がどうしても気になった。

そして、私自身なぜそうしたのかわからない。しかし、帰郷してから「きっとここに何かある」と、確信するかのように、ずいぶん前に教わったホームページを検索し、必死になって読んでみた。

それは「一九四五年七月二四日、米軍の武器輸送船団を護衛して航行中、『回天』により撃沈された駆逐艦アンダーヒル」のホームページだった。

死没者リストに、友人と同姓同名の一行「ヘンリー・A・ロード」があった。

心臓がいっそう高鳴るのを感じながら、とうとう友人が書き込んだメッセージを見つけた。

「私の父はヘンリー・A・ロード」

ハルの父を含む一一二名が、艦と運命を共にしていた。

「どうして話してくれなかったのか」

私にとって大きなショックだった。

「信頼する友人を失うのではないかと思い、どうしても言えなかった」

と、ハルは言った。日本でのビジネス経験の長さが、戦争に関する話をタブーとする日本、というものを感じさせていたのかもしれない。

「一九四五年七月二四日は、私の運命を変えてしまった。昨年亡くなった母は、最後まで〈あの日〉を克服することはできなかった。〈あの日〉にはまだ一歳だった妹は、今も〈あの日〉の現実と戦っている」

と、話すハルは、〈あの日〉に終止符を打つべく、父の乗っていた船、駆逐艦アンダーヒルを撃沈した「回天」搭乗員、勝山淳中尉の遺族を一人で訪ねたのだという。

「勝山家を訪問して、やっと生涯の旅に終止符が打てたよ。勝山家の皆さんや、伊号第五三潜水艦乗組員、私の父、そしてあの日命を捧げたすべての人たちに敬意を表す機会となった。私を優しく、上品に、しかし毅然として迎え入れてくれてね。勝山中尉は二二歳だったそうだよ。想像できるかい？ そんなにも若く、夢と希望に満ちあふれていたというのに。そして残された家族は、彼らが立派に成長していく姿を見る喜びを、永久に奪われてしまったんだよ」

それが、あの九月の日曜日だった。

「理由だけでも聞かせてくれていれば、私にももっと何かができたのでは」と、悔やまれ、それまでの出来事が結びついていくのを感じながら、あのとき「日程を調整して少し早く出てこられないか」と、言い出しにくかっただろう一言は、思い出すと今も胸が痛む。

何より、何も力にもなれなかったのが悲しかった。

「戦争はまだ終わっていない」という眠れない日の続いた大きな衝撃と、「できることを何かしなければ」という思い。

これが、私と「回天」との出会いとなった。

以来、勝山家でハルと共に過ごした方々をはじめ、驚くほど多くの方々とのご縁をいただいた。思いやりの心にあふれた方ばかりで、何かを問い合わせるたびに、惜しみなく時間を割いて情報をくださる。このような方々に、十分なお礼など到底できそうもない。

しかし、不思議なご縁から、何らかの役割が私にまわって来たような気がしている。歴史から学び、つないでいく……、次の世代へと、そして情報を必要とする方々へと。この〝つなぐ〟努力をつづけていくことで、関係者へのご恩返しとさせていただきたいと思っている。

二〇〇三年夏、アメリカ東海岸で開催される「米油槽船ミシシネワの戦友会」に出席する機会をいただいた。ミシシネワも「回天」に撃沈された船であるが、ホスト役をつとめられる戦史研究家のマイク・メアさんに、「回天」に関する日本側の資料を翻訳していたご縁から、招待を受けることとなった。

歴史を正しく伝えるためにも、日米双方からの視点を学ぶ機会としたいと考えている。

Ⅸ　学徒動員の思い出「回天特攻隊」

大林和子

❋教職を去って口を開いた「回天」のこと

ある日届いた退職教員の「退職者共済だより」の中で、広島の元中学教諭の児玉辰春先生が、戦中の体験記を募集されていることが目にとまりました。「ぜひあの悲惨だった戦中のことを書き残して、後世に語り伝えたい」ということでした。それを読んだとき、私の心の奥底によどんでいた思いがゆらいできました。

そうだ、あのことをまとめてみよう。

「あのこと」とは、私の四一年の長い教員時代にも、だれにも話したことがない、いいえ、親しいただ一人の友にだけ少しばかり話したけど、私の心の奥底に堅く閉ざされたたままでした。

一三年前、教職を定年で去って、図書室に勤めていました。教員生活から解放された安らぎから、私の青春時代の思い出といっても、つらく悲しい思い出だけど、思い出すままに書いてみました。それを上司のHさんに読んでいただくと、

「これはすごい。こんな体験記は貴重な記録だね」

と、感動されていってくださり、ちょうど私の町の町史の編纂《へんさん》が行われていて、その中に加えてくださいました。

その後、町内の小学校の四年生担当の先生が、子どもたちといっしょに図書室に来られて、「あの体験記を読ませていただきまして、ぜひ紙芝居にしたいと思うのですが、少しばかりお聞きしたいことがあって訪ねて来たのです」と。私はドキッとしました。

私も、あの体験記のなかに「紙芝居にして平和学習をやりたかったが、どうしても実行できなかった」と書いたので、この子たちはそのことを聞いて、頑張って学習をしてくれるのだな、と自分に言いきかせて紙芝居にすることをゆだねたのでした。

しばらくして、「おばあちゃん先生のねがい」と題された紙芝居が届けられ、八月の全校の平和学習で、この紙芝居を使って学習を深めていったというのでした。そのときの記念写真も届けていただきました。

✵勉強はなく、兵器作りに

私の心の奥底に五〇年もの間よどみ続けていたこと、いま思い出すのもつらいのです。

私たちは一九四四（昭和一九）年六月五日、当時一六歳、初夏の風が快い朝、学徒動員で兵器生産の第一線に立つことになりました。女学校の四年生のときのことです。

呉海軍工廠《こうしょう》に動員がかかり、私のクラスは水雷部の縦舵《じゅうだ》機工場へ配属されました。縦舵機とは、特攻兵器「回天」が、間違いなく敵の軍艦に当たるようにする舵取りの装置のことです。こうして、学業をなげうってお国のために奉仕するのだと、誇りと自尊心をもって張り切っていました。

海軍のシンボルである錨《いかり》のマークのハチマキをしめ、上衣は制服、下衣は絣《かすり》のモンペ、左肩に防空頭巾、右肩に救急袋をかけ、底のすりへった靴をはいて工場へ通いました。

海兵団の入り口の方から廠内汽車が出ました。高いけど響きの悪い汽笛を鳴らして、学徒をいっぱい乗せた列車は、造船ドックのそばを通り、造機部、水雷部を通り越し、角を曲がると、やっと一番遠い海岸ばたの工場へたどり着きました。ここが私たちの職場でした。

工場につくと「ヒューン、ヒューン」と、圧搾空気の音が響いてきました。機械の回る

学徒動員時代の大林さん（左）と友人

音、油の匂い、それらが入りまじって、これからの毎日働く仕事場に意欲と期待で、胸の高まりをおぼえるのでした。

職工さん、徴用で大阪や方々から来ておられる工員さん、女子挺身隊の方々はみんな慣れた手つきでめいめいの持ち場の仕事に頑張っておられました。徴用工員さんはざっくばらんで、私たちにおもしろい話を、楽しそうにうれしそうに、本音を出して話してくれました。

大阪から来ている工員さんが、

「ちょっと、えさをかたづけるから」というから、何のことかと思っていると、弁当を食べることでした。

工場では、へちゃげたアルミの弁当箱に、大豆や麦入りの、かき集めなければ口に運べないような、バラバラごはんの弁当でした。私たちは「えさ」が、自分が食べる弁当のこととは知りませんでした。

また、「夜勤のとき、内緒で古い油を使ってセッケンを作っていたら、ごりがきたので大あわてでかくした」と言うのです。「ごり」とは守衛さんのことで、一日に五里（二〇キロ）位歩くからついたあだ名だと教えてくれました。

「これをみつかったら大変なんやぜ」

夜、巡回される守衛さんの後ろ姿をにらみながら、隠していたセッケンを見せて得意そうでした。女学生の世界とはまったく違った、大人の世界をいろいろと見せてくれました。

私たちは、工場では九八式魚雷と二式魚雷の舵取りを調整する仕事でした。九八式は駆逐艦から撃ち出す魚雷で、二式とは飛行機から落とす魚雷だと聞きました。どちらも魚雷が真っすぐに進むように舵を調整することでした。

スパナや金づちなど持ったこともない私たちは、まず工具の使い方から指導を受けました。一分間に二万回転もする天輪、その早さから三分の二秒という早さを感じること。一〇分の一ミリが手の感触でわかることなど、精密機械の扱いになれるのは大変でした。

❁秘密の兵器「㊅（マルロク）」

あれはたしか一一月のはじめだったと思います。私たち五人がY工長に呼ばれました。何事かとおそるおそる行くと、「君たちにはこれから㊅（マルロク）の仕事をしてもらう」といわれました。このように秘密の兵器はすべて記号でいっていたのです。

㊅（マルロク）というのは、九八式の魚雷のなかの極秘の兵器、みんなは知らない秘密の兵器だった人間魚雷「回天」だったのです。

あの、人間魚雷「回天」の縦舵機の調整です。

私たち五人は、別室でこのような大事な仕事をさせてもらうのだというので、前にもまして誇りを持って仕事をしました。そのような仕事なので、指導もていねいで、学徒一人に指導員が一人ついての指導でした。

人間魚雷がどんな意味を持つのか、どんな仕組みになっているのかはくわしい説明もなく、ただ精密機械の取り扱いの技術を身につけるように、この魚雷が敵艦に命中するかしないかは、君たちの腕にかかっているのだと、厳しい毎日がつづきました。

「回天」とは？　何かただならぬ雰囲気を感じていました。

❋あの人が「回天」に乗るのかしら

ある日の午後、戦闘帽に黒っぽい服、ひとみの奥が澄んでいて、何かを思いつめたような青年士官が仕事場に入ってきました。つかつかっと指導員のところへ行って縦舵機をいとおしむようにまさぐりながら、二言、三言会話を交わして、私たちには目もくれずに出て行かれました、特攻隊員の一人だったのです。きっと、自分と運命をともにする縦舵機について確かめたかったのでしょう。

私は、ふと仕事の手をおいて窓辺にかけより、ガラス越しにその青年士官の姿を追いました。時を惜しむように足早に去って行く後ろ姿に、異常なまでに強い気迫を感じたのです。そして、早く日本が勝利し、戦争が終わりますようにと、まるで自分の兄を戦場に送り出すような気持ちで見送ったのでした。

工場の角に姿が見えなくなったとき、私のほおを熱い涙が流れ落ちました。

調整した縦舵機が、まともに敵艦に命中したら、いま去り行かれた青年士官は絶対に助かりません。敵艦もろとも散りはてるのです。もし何らかの故障が起きても、深い深い海の底に沈むだけです。

一度命令を受けて特攻隊員になったからには、さまざまな思いを捨て、自らは死んで責任を果たすことで、軍神となるのです。当時は、軍神といえばこの上ない名誉なことだったのです。

それから二、三日して、指導員が私たちを人間魚雷のところへ連れて行って見学させてくれました。多くの人間魚雷「回天」が整然と巨体を並べていました。その銀色の光が何となく妙に冷たく感じたことを今も思い出します。

その「回天」には、前の部分に爆弾を詰め込み、中程に人がやっと入れる位の丸い穴があって、そこに人が入り腰掛けると身動きもむずかしく、足でも計器を操縦するようになっていたようです。

腰掛けの前に備え付けてある縦舵機の操縦管を握り、特眼鏡と計器を頼りに、爆弾を抱いて敵艦に体当たりし、もろともに撃沈するのです。縦舵機のまわりは、数え切れないほどのパイプでつながれて、豆球もいくつかついて、中を明るくしていました。でも、その明るさに私は不気味さを感じました。

「お国のために」を合い言葉に、日本の勝利を信じて南の海に人間魚雷「回天」とともに沈んで行った若い搭乗員たちにも、別れがたい肉親がいたでしょうに……。

✸したたり落ちる血で書いた日の丸

㈥(マルロク)の仕事にも慣れたころ、だれが言いだしたのか、あることが提案され、みんなが賛成して、次の日曜日にHさんの家に集まって実行したのです。

それは、本当に純粋な乙女の願いとして「『回天』の突撃が成功しますように」と、血染めのハチマキを作ることでした。

物のないときのこと、新しい布はなく、私は母に昔の着物のそで裏の布をもらい、それでていねいにハチマキを縫いました。ハチマキの中心に日の丸を血で染めました。自分で

血書のハチマキを作った５名の女学生と指導員。前列右が大林さん
前列左の山口さんが、ここに写っている理由は109ページ参照

自分の小指をカミソリで切って、したたり出た血で日の丸を書くのです。直径一〇センチもあったでしょうか。

気持ちははずんでも、手がふるえてなかなか実行できません。大きく息を吸って呼吸を止め、小指の先を親指で強く押さえて、痛みを感じないように、うーんと力を入れて、半分小指の先を見て、半分目をそらして……。

指を切るのは勇気がいりました。か弱き乙女たちは「必勝」という二文字にあやかって、勇気を出して切ったのです。奥歯をかみしめて、痛さと恐ろしさをこらえ、ただ 成功を祈っての行動でした。

日の丸は、赤すぎず黒すぎず、清純な乙女の祈りをそのまま写したようなハチマキに仕上がり、みんなはさっきの怖さも痛さも忘れて満足感にあふれていました。じっと見つめていると、日の丸の中から「命中」という文字が浮かび上がってくるような錯覚におそわれるのでした。

日の丸を書き終えると、こんどは寄せ書きです。五人はそれぞれの思いを込めて書き込みました。

私は何と書いたのだろうか？　六〇年ちかい歳月は、私の記憶からはすっかり消えてしまっていました。ところが、このたび見つかったハチマキのコピーを見ると、「萬古仰天皇」と書いていました。そういえば、私は今でも半紙にこの言葉を書いたものを、大切に本箱にしまっているのです。

天皇に対する信頼と願いを込めて「出撃が成功し、日本を勝利に導いてください」という強い願いを込めて書いたのでしょう、そんな私でした。

最近、松江に住む、そのときの一人Sさんから次のような便りが来ました。

「あれからすぐに、武運長久（いつまでも生きて、立派に戦ってくださること）を祈るために、当時私たちの通学路であった道を通って、大きな鳥居をくぐって少し上り、八幡様の境内を登り、みんなで一列に並んで、神主さんにお祓《はら》いを受けた」とありました。

その手紙を読んで、私の頭に、一列に並んで座ったことが目に浮かんできました。それにしても、よくそこまでしたものだと感心するのです。

私たちは、この精いっぱいの願いを込めた手作りのハチマキを、「私たちが調整した縦舵機を操縦して出撃する搭乗員に渡してください」と言って、指導員に渡しました。

N指導員は、ハチマキを眺めながら「やっぱり君たちだなあ、やったね」と、思いがけない私たちの行動に、感無量のようでした。

それから、戦況はきびしさを増してきて、指導員さんは縦舵機の調整のために大津島へ行かれましたが、たびたび手紙が来ました。一九四五（昭和二〇）年二月一一日、大津島のY指導員から、㋮（マルロク）の学徒五人へという手紙が来ました。その中の一節です。

花なれば　何にたとえん梅の花
きりりむすんだ　鉢巻きに
もゆる思いを　ひきしめて
黒かみ切って　乙女らが
学びの庭を　職場にて
業に　たたかうけなげさよ
白多恵の　露にてひびくおみなえし
明日に出ていく　神にとて

熱い祈りに　なす業の

小さきものを　誰かいう
至純のこころ　邪をうちて
南に上がる　大戦果
敷島の　道に二つはなかりけり
学徒の道も　民の道
荒れる彼方を　……（ここは不明）
若き命を　男らが
あとひきうくる　たくましさ
神につづかん　真心に
乙女学徒の　意気たかく
学徒五名の　意気高し

このような手紙に励まされて、私たちはさらに誓いを強めるのでした。そのハチマキが、だれに渡され、どうなったか知るよしもありません。

一九九七（平成九）年二月、思いがけず動員時代のボロボロになったメモノートが見つかり、次のような走り書きがありました。

〈特攻隊員に捧げる
この血もて　玉と砕けよ南海に　乙女のこころ、これにこもれる
君もまた　海の神かと思いなば　言葉なくして　頭下がりぬ〉

そのころ、乙女心に一生懸命に詠んだのだろうと思うのです。しかし、誰のハチマキが、誰に贈られたのか、また、それぞれ五人の特攻隊員は全員出撃されたのかどうか、当時のこととて知らされることはありませんでした。

✿やがて、学校も工場に

そのように張り切っていた私たちも、一九四五（昭和二〇）年三月二七日、いよいよ卒業式です。本来なら講堂で厳粛に行われるはずなのに、運動場で行われました。始まって間もなく、

「ウーー、ウーー、ウーー」

敵機が来たという警戒警報のサイレンが鳴りだしました。もう式どころではありません。防空壕に走り込みました。卒業式は警戒警報解除とともに終わりました。こんなことです

から修学旅行もありません。

小学校の卒業は、太平洋戦争が始まる年、何かと緊迫していたのでしょうか、記憶にありません。小学校でも女学校でも修学旅行がなかったのは、私たちの学年だけではなかったのでしょうか。戦争という、時の流れに巻き込まれて……。

戦争はますます激しくなって、「こんどは呉があぶない」と、ささやかれるようになりました。しかしそのころは、戦争反対など、そんな様子がちょっとでも見えようものなら、すぐに「非国民」として憲兵に引っ張って行かれたようです。


その時期が何時であったかはっきり記憶はありませんが、とりあえず学校に引きあげることになりました。学校はミニ工場となりました。化学教室の実験机の上に、ピストンを据えつけていたことをはっきり覚えています。ちなみに、学校沿革史によると、《昭和二〇年四月一日、学校工場（水雷部）として作業を開始す》と記録されていました。

一九四五（昭和二〇）年六月二二日、私たちが以前に働いていた工場は大空襲を受けて、後から入った女子学徒隊の人たちもたくさん亡くなられました。七月一日の大空襲で呉市も焼け野原となり、私たちの学校も灰になりました。

工場をなくした私たちは、今度は阿賀の冠崎《かぶらざき》に移り、指導員はみんな、山口県の大津島の魚雷発射訓練基地へ出張されました。

来る日も来る日も、うだるような暑さの中、毎日毎日大豆入りの麦ご飯と、いくらかき回してもはしに具があたらないような、薄いしょう油汁の食事、トンネルの中での仕事、親元を離れた民宿ぐらし、それでも「勝つまでは、勝つまでは、絶対に勝たねばならない」と、歯を食いしばって「月月火水木金金」の精神に鍛えられた私たち学徒は、必死で頑張り続けました。

❁信じられない玉音放送

一九四五（昭和二〇）年八月六日、西の空に突然上がったキノコ雲、あれよ、あれよと冠崎から眺めました。それが原子爆弾とは知らず、それでも戦争に負けるなど露ほども感じなかった私たちでした。

八月一五日、ラジオから流れる玉音放送とやら、ジージーと雑音ばかりで聞き取れませんでしたが、「戦争は終わったんよ」という、だれかの声を疑ったものでした。

今の今まで、敗戦などは想像もしませんでした。必勝を信じて青春をかけて働いてきたのは何だったのでしょう。命をささげて、国を守ろうと散っていった若い兵士たちのことを、どう考えればいいのでしょう。

全身の力が抜け、心の中にポカンと穴があいたようで、何もする気になれません。みんな工場のすみっこに三人、五人としゃがみこみ、ぼんやりとしていました。ついさっきまで、機械の騒音で活気のあったトンネルの中も、機械も止まり、遠くから聞こえるセミの声だけが胸を差すように響きました。よく晴れた、青い空に白い雲、じりじりと照りつける太陽と、うだるような暑さの昼下がりでした。

❁浜辺に寄せる波の音はいつものように

どれくらい時間がたったのでしょうか、指導員のNさんが「海辺に行こう」と、声をかけてくださいました。㊅（マルロク）のみんなと浜辺に下りて行きました。

夕暮れの空にはあかね色の雲が広がり、青い海の色とあいまって、絵のような光景を描いていました。みんなは浜辺に座り込んであくこともなく、沖の海と空を眺め、波の音をぼんやりと聞いていました。

こんなにも大きな変化が地球上に起きているというのに、冠崎《かぶらざき》の海は何もなかったかのようにチャップン、チャップンと音を立てて静かに暮れていこうとしています。

「必勝…敗戦、必勝…敗戦」

心の中で、何度も何度も繰り返しつぶやいてみました。

神の国だから負けることはないと教えられ、信じ込んで勉強をも投げ捨て、「回天」に祈りをささげてきたのに、それはあまりにも大きな悲しみでした。

「もう帰ろう」、Nさんは、私の手を引っ張って、海岸から上の道に上げてくださいました。乙女の胸に不思議な高鳴りを感じました。

長い戦いのすべてが終わりました。

㊅（マルロク）の指導員は、もうほとんど逝ってしまわれました。そして㊅（マルロク）の血書した五人のうちSさんもYさんも病気で亡くなられました。今はただ、過ぎし日の思い出を追いかけて、胸を熱くするのみです。

❁いま、思うこと

私は幸いにも、戦後教職に就くことができました。平和教育をするたびに心は痛みました。「血染めのハチマキ」のことは、同僚に一度話しただけです。乙女心に、あまりにも強い刺激だったからでしょうか、子どもたちに話すことができませんでした。

敵艦に命中してください、それはとりもなおさず、死んでくださいということです。血染めのハチマキは、あの若い搭乗者たちの死を願ったと同じだったのです。

小学校の時から、

〈ススメススメ、ヘイタイススメ。

キグチコヘイハ、シンデモ　ラッパヲ　クチカラハナシマセンデシタ〉

と学びました。

命は、お国のためにささげるものだと思いこまされたのは、実に教育の力であったこと、そして、小指を切って、ハチマキに日の丸を血染めした女子学徒の清純な行動と願いがあったことをどこかに書き留めておきたかったのです。

学徒動員のことを思い出すたびに、あの戦争は、一体何だったのだろう？　と思います。青春の情熱を燃焼させ、学業を放棄してまで国のため、天皇のために死ぬことが美しいのだと思いこまされたのは、実に教育の力であったのだと思うと、教育がいかに大切であるかを痛感するのです。

国のため、天皇のために死ぬことが美しいと教えられ、純真であるがゆえに、一途にこれを信じこまされたのです。私たちのたどった道を、二度と若い世代がたどることのないように、平和な世の中がつづくように努めねばなりません。

いま、平和な世の中に生かされて、あのことはあれでよかったのだろうか？　何度も何度も自分自身に問いかけてみる五七年でした。

こうして私たちは、いつの間にか老境に入っていました。さる一九九六（平成八）年四

回天記念館を訪ねた、元「回天」作業にたずさわった人たち

月一五日、元「回天」の仕事にたずさわっていた、かつての乙女たち一五人は、「回天」供養の旅に山口県徳山市沖の大津島回天記念館を訪ねました。

船中、あのころのことを語り合いました。

「㊅(マルロク)、頑張ったね」

「あのときのカミソリの切り傷が今も残っているよ」

Tさんは、こういいながら小指を差し出しました。

島に着くと、静かでいい知れない緊張を覚えました。畑にはきれいな花が咲きみだれて、丘には桜の花が、私たちを待っていたかのように精いっぱい開いていました。

「回天」と彫り込まれた石碑の前に集まり、代表のTさんから、一五名が訪れたことが報告され、そして「海ゆかば水漬くかばね」の歌を歌いました。五十数年間、一度も口にしたことのないこの歌、それでもすーっと、何の抵抗もなく歌声になりました。

そしてTさんは、「敬礼」と。

一瞬、みんなはびっくりしながらも自然に手が上がり、あのころの錨のハチマキをしめて、朝に夕にした敬礼を忘れてはいませんでした。みんなのほおには熱い涙がとめどなく流れ落ちました。

記念館に入り、館長さんから当時のことの説明を受けて、遺品や写真、残された手紙など……、日本の勝利を信じ、潔く散って行くのだという遺詠の数々も、涙なしには見ることができませんでした。

それから「回天」発射基地跡に向かいました。あれから半世紀、波の音は穏やかに、あの出来事を包み込んで、寄せては返していました。私の調整した縦舵機をつけた「回天」もここから発射されたのです。そして行方は……、と思いはめぐり、つきることはありませんでした。

人間魚雷「回天」に搭乗された英霊よ安らかに。すべての戦争犠牲者の御霊よ、安らかにと、次のように詠みました。

祖国のために　南の海に命果てし
若き搭乗員の　眼差《まなざ》し顕《た》ち来《く》
学徒動員《どういん》の　記録を今日も　手繰《たぐ》りつつ
核なき世紀　ゆめみるわれは

❁回天烈士追悼式に参加して

最初に書いたように、「新世紀に戦争を語り継ぐ会」の手記募集に応じて、幸いにも掲載していただきました。NHKラジオで、私のものを含めて三編が、数日間一時間も朗読されました。

こうして『新世紀に語り継ぐ戦争』という本がきっかけで、勝山さんのご遺族と出会い、あのときの「血染めのハチマキ」の写真と、五八年ぶりに再会することができたのです。

このような感激に、当時に思いを巡らせているところへ、語り継ぐ会から、「二〇〇二（平成一四）年一一月一〇日、回天烈士追悼式に参加しましょう」とのお誘いで、参加しました。

徳山の港から船に乗り、船中さまざまな思いにゆられて大津島に上陸しました。まず先に、トンネルを通って「回天」の発射場へと急ぎ、海を見つめました。波はあの日と同じように寄せては返しているのでしょう。

ああ、あの人たち、「回天」に乗ってこの狭いコンクリートの間に降ろされた時、どのような思いであっただろうか、と胸に迫ってくるのでした。いいえ、弟さんとの交流の中で、もろもろのことを聞かせていただき、淳さんの写真も見せていただきましたので、私たちの書いたハチマキを巻いて敵艦へ体当たりしたであろうその方のことが頭に迫ってくるのでした。

後ろ髪を引かれるような思いで引き返そうとしたとき、「写真を写してあげましょう」と、声をかけられ、同じ思いでお会いしたので、気持ち良く写していただきました。

その写真を送ってくださって、私も学徒動員の冊子をお送りし、心の交流が始められました。

会場への途中で勝山様や峯様にお会いしました。それまでハチマキのことで何度も手紙をいただき、深い親しみを感じてご挨拶を交わしました。こうして全国回天会の会長小灘様、事務局長の河崎様にもお会いすることができて、すばらしい一日でした。

昨今は旅行ブームで、私も時々を旅行しますが、後から後から続く観光バスを見て、「この幸せはあの方たちのお陰なのね」と、よく友だちと話します。スーパーに積み上げられた食品、色とりどりの洋服、本当に平和なればこそ、感謝のほかありません。

当時は、自分の頭で考えることはなく、言われるままに行動しました。そのような教育がなされていたのでしたが、今、息子や孫の姿を見て、何ともやり切れない、申し訳ない気がするのです。この平和がいつまでも続き、みんなが幸せに暮せるよう努めなければならないと痛感するのです。

――人間魚雷「回天」に搭乗された英霊よ　安らかに
すべての戦争犠牲者よ、安らかにと祈りつつ――

X　勝山淳海軍中尉の航海日誌

注釈：児玉辰春

この航海日誌は、勝山淳中尉が大津島基地を出撃してから突入前日までの一〇日間、伊号第五三潜水艦の中で書かれ、同艦に残されたものです。

【七月一四日（曇）】

大津島出撃

この日、大丈夫《ますらお》の門出の日ぞ。徳山湾内眠れる如し、来し方を回顧すれば万感無量なり。

○五〇〇（朝五時）朝礼寸前の湾内を展望し、今まさに大日如来の出でんとする彼方には、思い出の数々を秘めたる蛇島、その向かいに灰塵と化せる徳山（徳山市は、五月一〇日の空襲で廃墟となった）、その右手に大島、追い行けば粭島、岩島、州島、馬島、転じて

1945（昭和20）年７月14日、見送りに応えて（全国回天会提供）

首を左に向くれば、思い出の仙島、黒髪島、樺島、漂浪せしときのこと、一つとして思い出ならざるはなし。

〇九三〇（朝九時三十分）今懐かしい大津島基地を離れんとす。

可愛い定員（これまで自分が締め上げたる役員、電信員のこと）張り切った下士官搭乗員、いろいろと迷惑をかけた掌整備長、整備士、弟の如く目に入れても痛くない候補生の顔、かくまでも不肖を頼み下される指揮官、司令の顔、顔……。何故にやらずにおくものか、きっと木っ端微塵に粉砕せん。

栈橋を離れんとするときの村上、峯、宮崎の顔、顔。何故かくも心に跳まんとは肉親の愛。

散る桜、残る桜も散る桜

真にそうだ。われわれ大津島にての四人も、来る幾日かの後には二人三人と往く、その日こそ一大決戦の時なのだ。どうか、体に気をつけて、青年士官の意気を示してくれ。これほどまでに同期の有り難きことを感ぜしことなし。

宮崎、峯、村上　みんな達者で後を頼む。

ハウス（艦橋）に乗りて、遠く見渡せば瞼に浮かぶ顔、いつしか涙一つ。

中に遥か調理場の彼方紅一点、今第一戦に出撃、天晴れ敵艦を轟沈せんと意気込みける余の胸にひしひしと迫る。

真の忠こそ一生一代の忠にあらず、子々孫々末代に伝わる忠なり、一生一代の忠はそれこそ微々たるものなり。

このとき、余は余の志を継ぐものを、しかしこれもはかなき夢、花も盛りの二二歳、今神国の捨石とならん。

いよいよわが栄光に映える伊五三潜水艦出撃。

長官の最後の訓示、身の重責ひしひしと身に迫る。またしても司令、指揮官の顔、顔。峯、候補生、整備長の面々、懐かしさ湧く。

いつしか思い出の湾口を出て、遥か島々を模糊の間に望むに至りぬ。

半年有余育まれし大津島の基地の見納め、栄光燦たれ大津島回天隊、栄えあれ日本。今、生等狂燗を既倒に帰すべく勇躍向かわんとす。

一七〇〇（午後五時）豊後水道通過、愈々桧舞台、見敵必殺。

【七月一五日】

ひねもす潜航、まさに海潜る代物なり。居住区にて夜を日につぐ睡眠。青天井拝見の栄に浴せざるためか、午前午後もさだかならず、夕食と朝食を誤ること度々なり、今一番元気なるは、往年海上にて鍛えしだけありて余なり。荒川、高橋少し元気なし。

【七月一六日】

今日も平凡な航海は続く、ただ際限もなき大海原相手の、しかし、遠からず見参する大物を夢見つつ、こうしてふたたび帰らざる最後の旅立ちをして、遥か大洋の彼方に乗り出してみて、はじめてわが神国の有り難さ、懐かしさ、人々に対する愛着の勃然として湧き出るをとどめることができない。今日までかくも愛着を感じたことがあっただろうか。

ただ、愉快に過ごし来たりし二二年の生涯も、こう思えば通り一遍な生活であった。しかし今、この通り一遍な生活の最後の締めくくりとして、神国護持という大なる任務を、死を持って完遂せんとす。ああまた快ならずや。

　はるかなる都のほうを仰ぎ見て、堅く誓わん必殺の雷

【七月一七日】

今潜水艦は、電波見張戦によりしのぎを削りおるも、艦内寂として声なし。敵、機動部隊、本州近接の報に接し、無念の涙を呑む。されど会敵の機（敵に会うチャンス）刻々と近接しあるをおぼゆ。敵船団の音ちかくに聞こゆ。

今日はじめて艦橋に出て、甘き海の香を胸いっぱいに吸い込む。

【七月一八日】

今日も一望千里の大海原を相手に獲物を求めて、しかし未だ見参の機会に接せず。電探二〇キロ、潜航急げ、今日はいやに潜るものよ。

今、本艦は沖縄・サイパン線上にあり、敵機の哨戒もちと念が入ってきたようだ。今日も、かく暮れなんとするか。

　こうして必死必沈の攻撃を敢行すべく、敵を索めて洋上を航行数日にわたれば、いかに凡人なればとて、世の事に関心を覚ゆるなり。

この神国興廃の岐路に立てるとき、日本国内の状況はいかに。未だ火の足下につかんとするを感ぜざる如し、口にては一億総特攻を云々する輩、黒山の如くあるも、これ皆通り一遍の旅役者なり。特攻というも、簡単なものにては豪もなし、もっとも困難なるものなり。ただ命を捨つるのみならば、石に頭を打ちつけても同じなり。特攻の真本髄は必死必沈の技を練成し、もって必死必沈の体当たり攻撃を敢行し、一挙に敵を壊滅するにあり、生易しきものにあらず、冀《こいねが》うは日本国民よ、みなこの気持ちを持って皇運翼賛（皇室の運命をみんなで支えあうこと）にすすめ。

行く川の　清き流れに　おのずから　心の水も　通いてぞ澄む

【七月一九日】

敵機の哨戒追々きびし、今日も潜航、一三〇〇（午後一時）頃浮上、又も敵機五機。潜航急げ、獲物も近し、見事におごれる敵艦のドテッ腹に一撃食わせん。

敵の回避に対する研究怠るべからず。とにかく大東亜戦争の帰趨は、国民の精神力の強弱と、戦争に対する国民の熱意なり。

真正（本物、本当の）の日本人ならば、刀折れ、矢が尽きるとも絶対に弱音は吐かぬはずなり。われ等には絶対、他に対して誇りうる最高の武器あるなり。

【七月二〇日】

いよいよ敵の哨戒厳重なるものの如し。未だ敵を見参の機を得ず無念やるかたなし。かかるときも戦局は一歩一歩進展しおるを思えば、如何なるのんき者といえど、慌てざるを得ず。

突如、《教練回天戦用意》の指令かかる。大いに張り切りピンピン。「回天」に乗り込むも残念なるかな《教練》なり。

今日で三、四日も外気に接せず。午前午後もうっかりすれば忘れがちなり。暮らすはただ電灯の下なり。

かく人間も、決行の日が延び延びすれば多々思い出すは大津島の生活、あの徳山湾を形作る離れ小島の大津島。その昔罪人の離れ小島として有名なりしそうな。人口疎にして何処となく寂しさのある島なり。生等、そこに浮世のこと知らずして、ただ敵艦轟沈を目指して、一途に訓練精進せしなり。

忘れもせぬ一一月二三日、最初の同乗訓練のとき、発射予定時刻一六三〇(午後四時三〇分)のところ、整備遅れで一時間ばかり遅れて発射、ちょうど日没頃、しかも空は今にも降り出しそうな気配、そのため徳山湾内薄く夕闇に包まれる。何となく変な予感、搭乗せざるがよさそうだが、やがて発進。

訓練は樺島、蛙島、その周りの狭い水道通過法。往きは順調、しかしこの頃から浮上中、筒をたたく雨の音耳に入る。観測の可否を問えば自信たっぷり、安心して帰るコースに就かんとしたとき、黒髪島、蛙島が観測できずという。

搭乗者はかく言うも、こちらは初めての同乗、ただ操縦者の決心にまかす。同乗指導官ならば、ここを大事ともりもり締め上げるのだが、悲しきかなというところ。

やがて彼は追蹤艇に随行するというをもって、そのまま放任せるところ、縦舵機の進路六〇度、これにて二〇分位航走、不審を感じて追蹤艇の所在を確認せしところ、漁船を誤認したという。思わず開いた口が塞がらぬ、いろいろやって来たものがかかる状態なり、彼はどうすることも出来ず、停止を決意せり。かくて、ついに真夜中に至るも発見せられず、ついに越夜を余儀なくす。

思えば、夕飯も口にせず、空腹ますますこたう。時一一月末のこと、筒内の温度刻々降下、空腹と寒気のため貧乏震い幾たびも。いまや正に悲惨きわまる有様なり。かかる操縦者の技量未熟と不注意により、何も知らぬ同乗者ともども、空腹と寒気の為に命を落しては、「回天」の恥辱なるは言うにおよばず、君に対して大の不忠者なり。今は、寒さをこらえん為、中にて手に力を入れて猛烈な運動をおこなうも、思うに任せず。スモール（わずか）五六度（五〜六回）。

翌朝に及ぶもまだ発見せられず、肌を刺す北風吹き、海上波あり、見れば陸岸近し、意を決して搭乗者を連絡に出し、余がハッチを出入りして飛行機に対して信号せるもかなわず、残念やるかたなし。

正午に至るも返報なし、愈々意を決して一三〇〇（午後一時）を期して連絡に行かんとし、筒内で思案顔をしていると、突如ハッチを叩く音、すわと思いハッチを開けようとすると海水が一時に入りくる。急いで閉める。こうしているうちに止まり、ハッチ開く。やっと救助艇に移る。そのときはフンドシに至るまで濡れ鼠。今までの張り切りも安心と、丸一日にわたる空腹、寒気、精神的疲労のためぐったりと。

思えば奇しき、「回天」搭乗初めなり。

【七月二一日】

今日もまた昨日の如しか、目指す獲物にいつの日会えるやら。

突如として《回天戦用意》。しかし、訓練なり。残念なり、早く本物の「回天」戦用意がと、敵の補給線上を聴音電探により補足すべく必死の見張りを続けおるも効果むなし。

あれほどまでに、熱誠込めて送ってくれた諸先輩、諸後輩に申し訳なし。宮崎、峯、村上、今頃、てっきり俺がやったと思っていてくれているかもしれぬ。
候補生もそうだろう。しかし、まあ待っててくれ、きっと立派にやっつけて見せるから。

【七月二二日】

今日で出撃以来一〇日、まだ幸運に恵まれずして見参の機を得ず。だんだん「回天」が心配だ。

一号艇は、前部浮室満水、原因は明確ならざるも、下部の排水には心配なし。安全弁もまず心配なし。一番心配なのは端蓋の蝋付部の不良による浸水なり。深度改調装置は明日締め直すはず。

もし、端蓋ならばここにては処置なし。ただ、発進後注水要領を変えて、浮量とツリムの作成に遺憾なきを期し、敵艦轟沈を期さん。

これは要するに、出撃前の深深度確認において、浸水に対して最厳密に試験する要あり。長期行動の、しかも潜航時間大なる潜水航行艦襲撃に於いて一番苦手なるは浸水なり、殊に九三式魚雷は水上艦艇用なれば、その用法において各部の水密気密は、潜水艦用の九五式魚雷のそれの如く、余り重大問題にならざるため、調整上も関心少なし。

潜水艦出撃の戦備、「回天」のみはさにあらざるも、訓練的発射においては、いまだかって前部浮室、気筒、深度機室に対する浸水を考慮せるものなしというも過言にあらず。それは、発射直前まで陸上にあり、発進用意終わりで水に浸りて、発射するまで数分。また訓練時間一時間、しかもその間、深度五メートル、浸水箇所あるもその量は潜水艦の潜航時間にくらべれば二〇分の一なり。よって抱打（発進方法で、艦側等からレッカーで降ろして発進する方法）にて各部に二リットルずつの浸水があれば、潜水艦潜航においては四〇リットルずつの浸水となり、この点、十二分に関心をもって調整の要あり。

次に二号艇（以下は専門用語が多いため、要点だけを）。

漏気二五キロ低下す。これもいったん出撃せば直すことは不可能であるから、少なくとも「回天」だけは各部の些細な部分品に至るまで、形状、材質を充分検討し、組み立て後も綿密な試験を行い、一点の不具合箇所もないよう充分に整備する要あり。これに関して、一号、四号艇は、締め付け不十分の為、漏気ありなどと、細かい調査の結果が記されている。

その他若干の指摘がされて、一七日の調査で一号艇には電液（？）が六個不足と指摘されているなど、このような欠陥が指摘され、どの号艇も不完全であることが細かく記されている。そして、この日の終わりに「時間の経過につれて、整備の欠陥躍如として現ると共に、搭乗員は追い追いに焦燥を感ず。ただ一刻も早く見参せん（敵の姿を見つけたい）」と、記されている。

【七月二二日】

三号艇、短絡、充電不能

二号艇、四番海水タンクの下部排水口のネジ蓋ゆるみ，まったく用をなさず。前の浮き室下部排水口ネジ蓋にて代用。

三号艇のネジ蓋は磨耗はげしく、ほとんど離脱状態で用をなさず。

一号艇は、漏気箇所をチュウインガムにて充填し、テープで巻いてある程度止まり、まずは差し支えなし。この度、最不審に感ずるは、電液0の電池相当ありたることなり。縫い合わせ的蝋付けでなく、全体を蝋付けする必要を書き、姑息的手段は禁物であると書かれて、現在のところまあまあ無傷なのは六艇のうち、四号艇のみなりと。

各艇の不良箇所が細かく書かれて、これまでの各「回天」の状況はかくの如し。しかし、発進には未だ心配なきも、二号艇はいくらか心配である。とにかく一分一秒を争う戦局下、一刻も早く敵の大物を射止め、戦局打開の先駆たらん、と。

二二日、二三日の手記にくわしく書かれている「回天」の不備な点について、参考までに当時の工場の様子を書いてみます。

工場には、熟練工も兵隊にとられて少なく、中学校と女学校の三年以上が学徒動員法という法律で動員されて兵器を作ったのですから、百分の一ミリというほど正確でなければならないものが、中学生や女学生にかんたんに作れるはずがありません。

私は、岩国の工場で女学生たちと一緒に飛行機の脚を作ったのです。脚を作るにも旋盤で削って、マイクロメーターやノギスで直径を計るのですが、中学生や女学生にそのような精密な仕事が簡単な訓練だけでできるはずがありません。工員の話では百本のうち九七本までオシャカだったというのです。陰では不良品製造工場と言われていました。

このことは学徒動員自体に問題があったのです。どこの工場でも同じようなことがあったことが伝えられています。

あとがき

中学校の数学教師であった私が、あと半年で退職という秋の文化祭で一年生が演じた「原爆としげる」という劇が、私の人生に大きな転機を与えてくれました。その後、私は『まっ黒なおべんとう』『よっちゃんのビー玉』『伸ちゃんのさんりんしゃ』など、原爆資料館の遺品を中心に児童書を書くようになったのです。それ以来、見るもの聞くことがみんな新鮮に写し出されてきました。

そしてアニメ映画にもなったこの三冊の本で、私は全国各地へ映画上映と講演にまわっているのです。ふとしたきっかけが、私の人生を若返らせてくれたのです。

退職して一五年、本書が一五冊目の編著書になります。いますでに書き終えているもの、さらには構想を終えて、これから執筆に入るものもいくつかあります。それらは、ほとんどこの本と同じような、私たちの青春時代のことです。

思い返せば、一九二八（昭和三）年生まれの私には、大正の自由主義時代の名残りがかすかにうかんでくるのです。しかしそれは、ホントにかすかな一瞬の思い出でしかありません。昭和のはじめから世の中は急速に変わってきたのでした。

父は、私が生まれた頃に地域では最初にアメリカ製のトラックを買って、運送屋を始めていました。私が小学校入学の頃には乗用車を買ってタクシー業も始めました。これも地域では最初でした。そんな父が居間に掲げられている写真を見上げながら話をしてくれるのです。それは天皇陛下の写真を中心にして、左右に教育勅語と肉弾三勇士の写真です。

天皇陛下と皇后陛下の話にはじまり、もしものことがあったら、日本人は天皇陛下の為に命を捧げるのだという教育勅語の話から、江下、北川、作江たち三人の兵士が爆弾を抱えて、敵の張り巡らした鉄条網に突入して自爆し、日本軍を勝利に導いたという話でした。

学校では毎朝、東方遥拝《ようはい》といって天皇陛下のいる宮城《きゅうじょう》に向かって「最敬礼」をするのです。上半身を四五度に曲げるのですが、時には分度器で測られて頭をゴツンとやられるのでした。そして音楽の時間には前述の「肉弾三勇士の歌」を歌わされました。

中学校に入ると、配属将校といって中尉くらいの兵隊が、校長と同じ権限を持って威張っていました。さらに兵隊が二、三人いて教練という兵隊ごっこの時間が、週に二、三時間あり、「俺の命令は天皇陛下の命令だ」と威張っていました。これは軍人勅諭のなかに「上官の命令は、朕《ちん》（天皇）の命令だと思え」と書いてあるからです。長いながいこの軍人勅諭は暗唱させられました。暗唱できなければビンタです。こうして私たちはいつの間にか愛国青年になっていました。そうでないものは、反逆者であり、敵の回し者であり、さらには監獄にぶち込まれていたというのです。

このようにして愛国青年になっていた私は、肺結核という病気になっていたのに、母とけんかをすると、「兵隊に行く」と、怒鳴り散らしました。

すると母は、「あんたは病気だから……」というのです。

「なに、兵隊に行くな……。あんたは非国民じゃ。みんなにいってやる」といったものです。そうすることが愛国青年の道だと思い込んでいたのです。

敗戦後八か月、進学のため上京した私は、東京駅につくとすぐ二重橋（天皇の住居）前で最敬礼をしました。そして学校では友の誘いに応じて「天皇制護持同盟」に入ろうとしていました。

そのような私に、真実をみつめる気持ちをおこしてくれたのは、学徒出陣で兵隊に引っ張り出されて、敗戦で帰ってきた先輩の「君たちは食べたら寝ているけど、俺たちは食べなくても読んだよ」と言って、投げ出したパールバックの『大地』という本でした。中国農民の姿をリアルに描いたこの本は、中学時代には教科書以外に読んだこともない私にとっては大きな驚きでした。

先輩はさらに、夏休みの帰省の車中にいきなり憲兵が乗り込んできて、戦争に批判的な本を取り上げられたり、平和主義者の下宿は常に憲兵の監視が続いていたことを話してくれました。そういえば、便所の落書きにびっくりしたものです。

〈中野正剛自刃す、あー、われ何をなすべきや……〉

政府の政策に批判的な政治家が、憲兵の横暴に耐え切れず自殺したのです。このようなことに苦悩し、平和を願う落書きばかりでした。いいえ、エッチな落書きはないのです。

こうして私は真実をみつめるようになりました。このような思い出が、いまも私の心をかきたてるのです。


私たち戦中世代も、だんだん少なくなってきました。このような私たちが体験してきたことを新しい世代に語り継ぐことこそ私たちの責任だと、志を同じくする者で「新世紀に戦争を語り継ぐ会」を発足させ、体験記を募集して出版したのが『新世紀に語り継ぐ戦争』という本です。

「はじめに」にも書きましたように、この本の一篇「学徒動員の思い出『回天特攻隊』」の波紋は各方面に広がり、とくに血書のハチマキをして突入した勝山淳さんの弟さんやご遺族の方々の熱い願いも、その広がりを大きくし、同僚や部下の方々の手記までこのように集められたのです。

しかもその波紋は大きくアメリカにまでも広まり、被害・加害を乗り越えて「再びこのような戦争が起こらない、起こさせない」誓いの会がもたれたりしたことは、本当にうれしいことだと思います。

何といっても一番の成果は、五十数年も前の「血染めのハチマキ」の現物が見つかり、それを持っておられる方からその公表を快く認めていただいたことです。こうして、このハチマキの写真は「回天」基地であった徳山市大津島の回天記念館に展示されることになりました。

若い世代には理解しにくいと思うのですが、このような公表は、持っておられる方にとっては耐え難いことなのです。

また勝山淳さんがほのかに抱いていたのであろう恋心の相手、本人はそのようなこととは知らないで、愛国の情熱に燃えて、「回天」作りに青春の情熱をかけていた山口（旧姓黒川）さんも「伝わりくる回想、思い出はわびしく」と、当時を思い起こされて書いてくださいました。

戦後生まれの西﨑智子さんが、「ふとした出会い」から人のつながりが広がる経過を、「回天」を通して書いてくださいました。

さらに全国回天会の皆さんの心からのご配慮とご支援に深く感謝いたします。写真につきましても一部掲載を認めていただき、この本に精彩を加えることができました。とくに小灘さん、河崎さんには、私の認識不足を指摘いただき訂正させていただきましたことを深く感謝いたします。

いま、教育の危機が叫ばれています。再びかつてのような教育が行われないよう、みんなで政治に目を向けていかなければならないと思うこのごろです。

若いみなさん、戦争のありのままの姿を知るために、あなたの知人にぜひこの本を広めてください。戦争を体験されたみなさん、どうか若い世代に私たちの体験を語り継いでいきましょう。

最後になりましたが、勝山家のご遺族ならびにお世話になったみなさま方に心から感謝いたします。

二〇〇三年一〇月

新世紀に戦争を語り継ぐ会・代表　児玉　辰春

児玉　辰春（こだま・たつはる）

1928年、広島県大竹市に生まれる。1988年3月まで38年間、数学教師として中学校で教員生活を送った後、児童文学を中心とした創作・講演活動に入る。2001年、若い世代に戦争体験を語り継ぐことを目的として、元特攻隊員を中心に「新世紀に戦争を語り継ぐ会」を結成。その代表を務める。

著書：『まっ黒なおべんとう』『よっちゃんのビー玉』『伸ちゃんのさんりんしゃ』『ひびけ月光の曲』ほか。

編著書：『新世紀に語り継ぐ戦争—聞いて下さい私たちの十六歳』ほか。

人間魚雷「回天」

一特攻隊員の肖像

●二〇〇三年一一月二〇日——第一刷発行

編　者／児玉辰春

発行所／株式会社 高文研

東京都千代田区猿楽町二−一−八

三恵ビル（〒一〇一＝〇〇六四）

電話　03＝3295＝3415

振替　00160＝6＝18956

http://www.koubunken.co.jp

組版／Web D（ウェブ・ディー）

印刷・製本／三省堂印刷株式会社

ISBN4-87498-315-4　C0021